KJB

Sarah Moore Fitzgerald

Das Apfelkuchenwunder
oder
Die Logik des Verschwindens

Aus dem Englischen
von Adelheid Zöfel

KJB

Zu diesem Buch ist bei DAV ein Hörbuch,
gelesen von Laura Maire und Robert Stadlober, erschienen,
das im Buchhandel erhältlich ist.

MIX
Papier aus verantwortungsvollen Quellen
FSC www.fsc.org
FSC® C083411

3. Auflage: Januar 2017

Erschienen bei FISCHER KJB

Die englische Originalausgabe erschien 2014 unter dem Titel
›The Apple Tart of Hope‹
bei Orion Children's Books,
a division of the Orion Publishing Group Ltd., London

Satz: Pinkuin Satz und Datentechnik, Berlin
Druck und Bindung: CPI books GmbH, Leck
Printed in Germany

ISBN 978-3-7373-5196-6

Für Ger

Das erste Stück

Vor der Kirche stand ein Krankenwagen bereit, für den Fall, dass jemand ohnmächtig wurde. Männer mit grünen Armbinden regelten den Verkehr. Jemand hatte in roten Druckbuchstaben VOLL auf ein Pappschild geschrieben und es an die Zufahrt zum Parkplatz gehängt. Nachbarn öffneten ihre Gartentore.

Im Innern der Kirche waren bei den ersten vier Reihen an den Sitzen hinten große Papierstreifen angebracht, auf denen *Reserviert* stand, weil nur die Schüler aus Oscars Klasse dort sitzen durften.

Alle schienen wie benommen. Es war der Fürbittegottesdienst für Oscar Dunleavy. Oscar galt als vermisst, und vermutlich lebte er nicht mehr – und an so etwas kann sich kein Mensch gewöhnen.

Pater Frank war der absolute Mittelpunkt. Er sagte, Oscars Klassenkameraden bräuchten alle noch viel Zeit und Zuwendung, wegen der »ungewohnten, furchtbaren, unglaublichen Gefühle«, die man empfindet, wenn jemand, mit dem man in die Schule gegangen ist, nicht mehr da ist und man ihn höchstwahrscheinlich nie wiedersehen wird.

Wir brauchten auch Wolldecken, weil die Heizung in der Kirche kaputtgegangen war, ausgerechnet jetzt, da das eklige Februarwetter sich noch einmal gesteigert hatte.

Ich hörte Pater Frank mit den Eltern darüber reden, dass wir alle eine »sehr schwere Zeit« vor uns hätten, denn wir mussten ja Tag für Tag Oscars leeren Platz sehen und an seinem graffitibeschmierten und mit einem Hängeschloss gesicherten Schließfach vorbeigehen, das bisher keiner aufzubrechen gewagt hatte. Pater Frank war in seinem Element, weil er sich mit etwas beschäftigen konnte, was bedeutender war als seine normalen Alltagspflichten, die in der Regel darin bestanden, dass er in der Schule herumlief und die Schüler ermahnte, sie sollten den Müll aufheben oder ihren Kaugummi ausspucken.

Jetzt tröstete er traurige, traumatisierte Menschen und redete mit ihnen in der Kummer-und-Leid-Sprache, die er offenbar fließend beherrschte.

Er sagte Folgendes: Selbst wenn es so aussah, als kämen wir alle gut zurecht, erwarteten uns doch verwirrende Phasen, in denen wir diesen Verlust wie eine Attacke auf unsere empfindlichen jungen Seelen erleben würden, und zwar nicht nur in den leeren, leidvollen Wochen, die unmittelbar bevorstanden, sondern noch viele Jahre lang.

Einer nach dem anderen betrat die Kirche. Bleiche Gesichter. Gerötete Nasen. Die ganze Klasse verschmolz zu einem stummen Fleck, zu einem verschwommenen Phantom aus blauen Uniformen, ungreifbar wie ein riesiges Gespenst.

Jedes Mal, wenn ich mich umschaute, entdeckte ich etwas, was ich nicht sehen wollte: das zuckende Gesicht eines erwachsenen Mannes; eine Frau, die in ihrer Handtasche nach einem Taschentuch kramte; eine Nachbarin, der die Tränen schon vom Kinn tropften. Zwischendurch hörte man immer wieder ein gedämpftes Hallo und verkrampft klingendes Gehuste.

Und dann war da Oscars Vater, der Stevies Rollstuhl schob. Die beiden sahen aus wie die zerbrochenen Glieder einer Kette. Einen Moment lang schwebte über uns allen das Quieken eines Babys – ein fröhliches Geräusch, klar und hell inmitten in der ganzen Verzweiflung. Und dann die Blumen! Massenhaft Blumen, alle blau und gelb.

»Kornblumen, Butterblumen«, sagte Pater Frank irgendwann in seiner endlos langen Ansprache.

»Kornblumen für das Blau seiner blauen Augen. Butterblumen für seine leuchtende Seele.« Ehrlich, genau das hat er gesagt.

Es roch nach Kräutern und nach Moschus. Staub stieg aus den Winkeln der Kirche auf, wie ein überirdischer Hauch. Und während dieser ganzen Zeremonie, die niemand wollte, bemühten sich alle meine Mitschüler, einander nicht in die Augen zu sehen.

Ich befürchtete schon fast, Pater Frank würde immer weiterreden, bis in alle Ewigkeit, doch dann wurde seine Stimme tiefer, er sprach langsamer und feierlicher, ein Zeichen dafür, dass dieser Teil des Gottesdienstes zu Ende ging und etwas Neues begann.

»Und nun«, sagte er, »nun wollen wir Oscars beste Freundin bitten, nach vorn zu kommen und ihre Fürbitte vorzutragen. Sie stand Oscar näher als alle anderen. Sie wird ein paar Worte sagen, zum Gedenken an ihren Freund – in unser aller Namen, die wir ihn kannten und gern hatten.«

Mir wurde ganz heiß vor Verlegenheit. Es war die Art von Verlegenheit, die einen überkommt, wenn man völlig unvorbereitet mit etwas Wichtigem konfrontiert wird. Niemand hatte mir gesagt, dass ich eine Fürbitte vortragen sollte. Ich war nicht in der Stimmung, vor alle hinzutreten und zu sprechen. Aber ich holte ein paarmal tief Luft und sagte mir: Nimm dich zusammen – für Oscar. Ich vermutete, dass der Text der Fürbitte auf dem Lesepult neben Pater Frank lag. Garantiert hatte irgendjemand den Auftrag gehabt, mir Bescheid zu sagen, und es dann in dem allgemeinen Durcheinander vergessen. Denn es hatte mich niemand informiert, aber unter den gegebenen Umständen war das ja verständlich.

Kein Mensch kam, um mir Anweisungen zu geben. Ich konnte nur die Köpfe der anderen sehen, sonst nichts. Schließlich stand ich auf, weil die Stille in der Kirche immer erdrückender wurde und die Leute schon nervös auf den Bänken hin und her rutschten. Durch die Menschenmenge vor mir schien eine Welle der Unruhe zu gehen.

Und dann erhob sie sich. Wie ein Engel, strahlend und mit goldenem Haar, schwebte sie nach vorn, voller Anmut. Bei ihrem Anblick wurden meine Füße bleischwer, und ich klebte am Boden fest. Das Engelsgeschöpf trat ans Mikrophon.

»Wer ist das?«, fragte ich meine Mutter, aber sie wusste es auch nicht.

Ich beugte mich zu Andy Fewer, der in der Reihe vor mir saß. »Wer ist das?« Und als das Mädchen zu sprechen begann, fiel mir ein, dass ich ihre Gestalt schon einmal gesehen hatte, und da wusste ich, wer sie war.

»Der Tod ist gar nichts …«

Ihre Stimme klang wie schmelzende Schokolade und schwang durch den Raum wie süße Musik.

»… nur ein kurzer Augenblick, und alles wird wieder so sein, wie es vorher war.«

Andy drehte sich zu mir um, sein Blick verschleiert.

»Das ist Paloma«, flüsterte er, als hätte ich ihn gefragt, auf welchem Planeten wir uns befinden. »Paloma Killealy.«

Ja klar!, dachte ich. *Natürlich ist das Paloma.*

Als sie ihre Fürbitte beendet hatte, sagte sie, es gebe ein Lied, das Oscar besonders gemocht habe, seit – na ja, eigentlich seit immer. Und sie selbst denke jedes Mal, wenn sie es höre, an ihn.

»Dieses Lied ist für dich, Osc«, sagte sie und begann, eine Melodie zu singen, die ich nicht kannte.

Osc? Seit wann hieß er Osc? Kein Mensch nannte ihn so.

Wenn einem jungen Menschen etwas Schlimmes zustößt, und wenn sich Menschen in einer Kirche versammeln, um für ihn zu beten, dann entstehen seltsame Schwingungen, so ein Summen und Rauschen. Alles bebt und zittert. Wie bei einem Erdbeben, denke ich – als wäre sogar der Erdboden schockiert und entsetzt, weil das alles so ungerecht und so falsch ist.

»Er hatte noch das ganze Leben vor sich«, war der naheliegende, sinnlose Satz, den die Leute ständig wiederholten. Aber sie konnten reden, was sie wollten – es änderte nichts. Jedenfalls nicht jetzt. *»Es ist zu spät«*, sagten sie. Oscar hatte sich entschieden – und wir mussten bis an unser Lebensende unter dieser Entscheidung leiden. Er war nicht mehr da. Und inzwischen gingen alle ganz selbstverständlich davon aus, dass er nicht zurückkommen würde.

Der Februar war Oscars Lieblingsmonat gewesen.

Ich hatte einmal zu ihm gesagt, dass er vermutlich der einzige Mensch im Universum mit einem Lieblingsmonat ist. Aber er ließ sich nicht beirren. Er hatte eine spezielle Theorie: Wenn man kein Kind mehr ist, dann ist Weihnachten nur noch eine große Enttäuschung. Und der Januar ist bekanntlich immer dunkel und langweilig, vollgestopft mit Hausaufgaben und stumpfsinnigen Mahlzeiten. Aber genau in dem Moment, wenn die Welt dir am trostlosesten erscheint, kommt der Februar angeschlichen, wie ein guter Freund, den du länger nicht gesehen hast, und tippt dir auf die Schulter.

Und speziell jener Februar hatte ein neues Schild

hochgehalten, und wir hatten angefangen, Dinge zu planen, die wir noch nie getan hatten – aufregende Dinge – andere Dinge – Teenager-Dinge. Wir waren keine kleinen Kinder mehr, und dieser Februar war erfüllt gewesen von hundert neuen Chancen.

Jetzt waren sämtliche Chancen, die Oscar je gehabt haben mochte, radikal gesunken. Zum Nullpunkt.

Draußen auf den Kirchenstufen ging es förmlich und leise zu, aber da war so ein leises Gemurmel, das irgendwie lauter zu werden schien, als würde ein fernes, gigantisches Monster Sekunde für Sekunde näher kommen.

Eine Gruppe von Eltern hatte sich um Pater Frank versammelt. Die Sonne schien. Es war wie ein grausamer Scherz: Durch die Sonne wirkte alles viel schöner, als es hätte sein dürfen. Andy war da, Greg ebenfalls, und Pater Frank fragte: »Gute Güte, Jungs – warum nur, warum? Wie kommt jemand, den noch so viel Schönes erwartet, auf die Idee, dem Ganzen … dem Ganzen ein Ende zu setzen, so wie Oscar es allem Anschein nach getan hat?«

»Ach Pater, wissen Sie – dafür kann es unzählige Gründe geben«, sagte Andy, ernsthaft und ohne Stocken, als wäre er ein Experte auf diesem Gebiet.

»Ich persönlich denke, eigentlich ist es ein Wunder, dass überhaupt einer von uns weiterleben möchte.«

»Was willst du damit sagen?«

»Ich will sagen, dass es beim Erwachsenwerden einen Augenblick gibt, da kommt einem die Welt plötzlich mehr oder weniger sinnlos vor – da stürzen die Schrecken der Wirklichkeit auf einen herunter, wie etwas, das vom Himmel fällt.«

»Wie etwas, das vom Himmel fällt? Zum Beispiel?« Pater Frank gab sich große Mühe, Andys Aussage zu verstehen.

»Etwas Monumentales – so groß wie ein Klavier, sagen wir mal. Oder wie ein Kühlschrank. Und wenn das passiert, kann man unmöglich in die Zeit davor zurückkehren, also in die Zeit, bevor es auf einem gelandet ist.«

»Aber was ist mit den verschiedenen Aktivitäten und den Freuden des Lebens – wie Sport, Musik, Mädchen und so weiter?«, fragte Pater Frank schon fast flehentlich.

»Alles nur Schall und Rauch«, seufzte Andy. »Luftspiegelungen in der Wüste des Lebens, die dazu dienen, den Menschen das Gefühl zu geben, dass es sich lohnt.«

»Oh«, seufzte Pater Frank. »Oh, ich verstehe. Und haben alle jungen Menschen dieses Gefühl?«

»Ja, ich denke schon«, antwortete Andy, ohne

einen der anderen nach seiner Meinung zu fragen. »Aber die meisten lernen, damit zu leben.«

»Na, da bin ich ja froh.«

Ich brauchte lange, um Stevie zu finden, obwohl er gar nicht weit von der Kirchentür in seinem Rollstuhl saß. Sein Vater stand in der Nähe und war damit beschäftigt, ganz mechanisch Hunderte von Händen zu schütteln.

»Ach Stevie«, sagte ich und beugte mich zu ihm, um ihn zu umarmen. Ich schloss die Augen, und die Tränen, die ich bis jetzt zurückgehalten hatte, kullerten mir über die Wangen.

»Ist schon okay, Meg«, flüsterte er. Nichts war okay! Ich empfand aber trotzdem eine gewisse Erleichterung, als ich ihn anschaute. »Wann bist du zurückgekommen?«, fragte er mich. »Gestern Abend«, antwortete ich. Wir waren so schnell wie möglich aufgebrochen, nachdem wir die Nachricht erhalten hatten. Bestimmt erschien mir auch wegen des Jetlags alles so wackelig. Ich konnte gar nicht geradeaus denken.

Aber mitten in diesem Nebel aus traurigem Gemurmel ging von Stevie eine unbezwingbare Fröhlichkeit aus, und seine Augen leuchteten. Dadurch wurde mir etwas leichter ums Herz. Gab es vielleicht doch einen Grund, heiter und hoffnungsvoll zu sein, ja vielleicht sogar ein bisschen optimistisch?

»Was ist eigentlich passiert, Stevie? Bitte, bitte, sag's mir – was war los? Und warum verhalten sich alle so komisch? Dieser Gottesdienst? Ich meine – das macht man doch nicht, wenn man sich nicht absolut sicher ist, dass die Person, für die man ihn abhält, tot ist. Wenn man eindeutige Beweise hat. Aber wir haben doch eigentlich gar keinen Grund zu glauben, dass er *tot* ist. Oder?«

Stevie blickte zu mir hoch und rollte noch ein Stück näher.

»Stimmt genau!«, flüsterte er. »Ich versuche ja dauernd, das den anderen zu erklären! Nur gut, dass du wieder da bist, Meg. Du bist nämlich die Erste, die es nicht glaubt – außer mir. Aber ich habe gewusst, dass ich auf dich zählen kann, und ich bin so froh, dass du zurückgekommen bist, weil ich mich total allein gefühlt habe – ich hatte schon Angst, ich werde verrückt. Echt wahr! Alle sagen, er hat Selbstmord begangen. Also – jetzt mal im Ernst! Das ist doch total unlogisch, findest du nicht?«

»Stevie, du musst mir alles erzählen, was du weißt. Jede Einzelheit. Alles, was passiert ist, bevor er verschwunden ist.«

»Ich werde tun, was ich kann, Meg«, sagte Stevie. »In Gedanken bin ich sämtliche Einzelheiten schon tausendmal durchgegangen. Aber jetzt im Moment haben wir keine Zeit zum Reden.« Mit gerunzelter Stirn schaute er sich um. Er klang so viel älter und weiser als andere Jungen in seinem Alter. »Ich würde vorschlagen, wir treffen uns später am Pier. So gegen Mitternacht. Einverstanden?«

»Aber – wie willst du da mitten in der Nacht ohne Hilfe hinkommen, Stevie?«

»Null Problemo«, sagte er, in einem eindeutig nichttrauernden Tonfall, was mir noch mehr Hoffnung machte. »Seit du weg bist, hat sich einiges getan. Ich bin inzwischen so gut wie selbständig!« Er grinste so breit, dass er schon eine gewisse Aufmerksamkeit auf sich zog, was er nicht unbedingt wollte – weshalb er schnell wieder ernster dreinschaute. Und mit dem versteckten Selbstbewusstsein eines Spions gab er mir die Anweisung, mich unter die Leute zu mischen, nichts zu sagen und ihn später am vereinbarten Ort zu treffen.

Die Trauergäste gingen hin und her, umarmten einander und weinten. Gelegentlich tauchten irgendwo die goldenen Haare von Paloma Killealy auf, und in der murmelnden Menge glaubte ich immer wieder, ihren Namen zu hören, leise flüsterte ihn einer dem anderen zu, wie ein Gedicht. Paloma Killealy. Paloma Killealy. Paloma, Paloma Killealy.

Das zweite Stück

Ich bin nicht gestorben. Ich bin nicht tot. Überhaupt nicht. Zugegeben, ich komme mir ziemlich blöd vor wegen der ganzen Sache – ich bin mitten in der Nacht verschwunden, ohne irgendjemandem zu sagen, wo ich hingehe, und alle denken jetzt, ich bin tot, und ich lasse sie in dem Glauben.

Die Dinge sind mir über den Kopf gewachsen. Und weil so viel passiert ist, packte mich plötzlich der Wunsch, mit meinem Fahrrad noch viel schneller zu fahren als sonst, hinunter ans Meer und hinein ins schwarze Wasser.

Ich erinnere mich genau daran, wie ich hinterher immer wieder zu Barney gesagt habe, was für ein Vollidiot ich doch bin und wie wertlos und wie sehr ich mich hasse.

Er antwortete jedes Mal, dass er genau weiß, wie ich mich fühle. Und er versicherte mir, dass manche Leute, die sagen, sie wollen helfen, nicht so tun als ob, sondern es ernst meinen. Ich war mehr oder weniger davon überzeugt, dass er die Wahrheit sagte.

Die Wahrheit ist ziemlich wichtig, um sich daran festzuhalten, wenn man aus dem Meer gefischt wird, nachdem man vorhatte, darin zu ertrinken. Ich hätte mich vom Wasser mitnehmen lassen können. Ich könnte jetzt ohne weiteres tot sein. Komische Vorstellung. Wenn ich komisch sage, meine ich eigentlich seltsam und irgendwie beunruhigend.

Wenn in deinem Kopf ganz laut eine Sirene aufheult, braucht es nicht allzu lange, bis ein Gefühl der Gleichgültigkeit über dich hinwegschwappt und du hemmungslos selbstzerstörerisch wirst. Ich war früher immer voller Energie und zufrieden, aber an diese Gefühle konnte ich mich kaum noch erinnern. Die fröhlichen, kindlichen Gedanken waren durch andere ersetzt worden: Ein ganzes Bündel neuer Erkenntnisse wuchs nach und nach in mir, wie wildwucherndes Unkraut, und dieses Unkraut war dabei, mich umzubringen. Deshalb hatte ich den Entschluss gefasst, mit dem Fahrrad mitten in der Nacht zum Pier zu fahren und von da ins Wasser.

Alle Pläne, die ich früher einmal gehabt hatte, waren futsch, und in der entscheidenden Nacht kamen sie mir vor wie das zerquetschte Blech nach einem Autounfall. Es war nichts mehr übrig – nichts, was nicht entstellt und zerstört war, nichts, was sinnvoll schien.

Ich habe es nicht geschafft, mich umzubringen. Und als mir klar wurde, dass ich nicht einmal *das* richtig hinkriege, beschloss ich, das Zweitbeste zu tun: fortzubleiben und so zu tun, als wäre ich tot. Ein Teil von mir sehnte sich allerdings noch eine ganze Weile danach, dass jemand kommen und mich finden würde.

Es war schon frustrierend, dass offenbar niemand konsequent nach mir suchte. Innerhalb eines irritierend kurzen Zeitraums schienen sich alle mit meinem Tod abzufinden. Nach einer Suchaktion, die man allerhöchstens als halbherzig bezeichnen konnte, kehrte jeder so schnell wie möglich zu seinem normalen Alltag zurück. Zwei Polizisten kamen bei Barney vorbei, aber als er sagte, sie sollen bitte wieder gehen und ihn nicht mehr belästigen, taten sie genau das.

Man darf Menschen, die verschwinden, nicht aufgeben. Man darf nicht sagen: »Schade, schade, schade – aber das war's dann wohl.«

In Wirklichkeit ist das Verschwinden eines Menschen eine Aufforderung an alle, sich auf die Suche zu machen, bis man unter sämtlichen Fingernägeln Dreck hat und total erschöpft ist, weil man jeden einzelnen Stein umgedreht hat, um zu sehen, ob der Verschwundene vielleicht darunter liegt. Ich bin der Meinung, wenn man sich damit abfindet, dass jemand verschwindet, ist das schon irgendwie eine Beleidigung.

Es ist eine Beleidigung für den Betreffenden, weil man nicht mehr richtig an ihn denkt.

Ich habe einiges dazugelernt. Im Lauf der Zeit habe ich kapiert, dass das Verschwinden seine eigene Logik hat. Ich weiß heute, dass es keinen großen Unterschied macht, ob man nur so tut, als wäre man tot, oder ob man tatsächlich tot ist. Soweit ich sehe, läuft beides auf das Gleiche hinaus.

Folgendes habe ich begriffen: Wenn jemand, den man kennt, verschwindet, dann darf man keine voreiligen Schlüsse ziehen. Man sollte Fragen stellen und immer weitersuchen, bis man Gewissheit hat. Man darf den Verschwundenen nicht abschreiben, bis man alle Möglichkeiten ausgelotet hat. Und vor allem darf man die Hoffnung nie aufgeben, sondern muss sie immer im Herzen behalten.

Das dritte Stück

Den Ermittlungen zufolge hatte Oscar sein altes Mountainbike aus der Garage geholt und war die Straße hinuntergerast, über die Hallow Bridge, deren Lichter immer so aussehen, als würden sie einem zublinzeln. Es hieß, er sei aller Wahrscheinlichkeit nach die gesamte Strecke freihändig gefahren und dann ins Meer geschleudert worden.

»Gibt es Beweise dafür? Gibt es Indizien?«, fragten Stevie und ich uns, als wir uns wie geplant um Mitternacht trafen.

»Das Fahrrad«, erklärte Stevie. »Sein Fahrrad haben sie gefunden. Einer der Taucher hat es herausgefischt, es war völlig verbogen. Jemand hat es, tropfnass wie es war, an den letzten Steinpoller da drüben gelehnt, und da stand es ein paar Tage.«

Stevie rollte zu dem Poller und langsam um ihn herum.

»Niemand wollte das Fahrrad anfassen oder mitnehmen. Es war wie ein Fluch, vor dem alle Angst hatten. Die Leute haben es nicht mal richtig angeschaut. Ich habe gesehen, wie sie den Kopf weggedreht haben, wenn sie daran vorbeigegangen sind.«

Er selbst hatte es sich angeschaut – für ihn war das kein Problem. Man muss alle Dinge genau untersuchen, wenn man einer Sache auf den Grund gehen will. Stevie erzählte, er sei immer wieder hergekommen, um das Fahrrad noch einmal zu studieren, bis sein Vater dafür gesorgt hatte, dass jemand es abholt. Das Rad habe irgendwie etwas Menschliches gehabt, sagte Stevie, wie es sich zur Seite neigte, als würde es bei dem kalten Poller Trost suchen.

In den Tagen nach Oscars Verschwinden waren massenhaft Leute zum Pier gekommen – um Blumen abzulegen und kopfschüttelnd Blicke zu tauschen, vor allem aber – sagte Stevie –, vor allem, weil sie neugierig waren und herumschnüffeln wollten.

Mrs Gilhooly, die ein Stück die Straße hoch wohnte und immer hochdramatisch daherredete, selbst wenn es dafür keinen Grund gab, war schon immer eine Expertin in Sachen Klatsch und Tratsch, wie mein Dad sagte. Sie rannte ständig laut seufzend auf dem Pier herum, um die Taucher auszufragen und um dann die neuesten Entwicklungen brühwarm weiterzutratschen.

»Das ist doch entsetzlich! Der Poller steht so hart und erbarmungslos da – und genauso stand er da, als sich der arme Junge ins Wasser gestürzt hat.«

Stevie erzählte, er sei oft richtig wütend auf Mrs Gilhooly gewesen und einmal habe er zu ihr gesagt, sie solle gefälligst nicht über Dinge reden, von denen sie keine Ahnung habe.

»Woher wollen Sie denn wissen, dass er sich ins Wasser gestürzt hat? Wie kommen Sie zu solchen Schlussfolgerungen? Wenn mein Bruder tatsächlich tot sein sollte – wo ist die Leiche? Wo? Sagen Sie es mir bitte, wenn Sie alles so genau wissen!«

Daraufhin fragte die alte Quasselstrippe ihn, wo denn sein Vater sei. Sie fand es nämlich unpassend, dass sich ein kleiner Junge, der in Trauer ist, im Rollstuhl allein an dem Ort herumtreibt, wo sein Bruder tragisch zu Tode gekommen ist. Zumal, wenn dieser Junge überempfindlich und außer Kontrolle sei, wie sie meinte.

Stevie teilte ihr mit, er sei keineswegs in Trauer, nur damit sie das wisse. Er sei dabei, sich gründlichst umzusehen und alles zu erforschen – und andere wichtige Dinge zu tun, um die sich außer ihm keiner angemessen kümmere. Außerdem dürfe er tun, was er wolle. Und wo er hinfahre – egal, ob allein oder in Begleitung –, gehe keinen etwas an, und sie schon gar nicht.

Wie konnte diese blöde Frau es wagen, Stevie so zu nerven!

Aber ich musste ihm auch ein paar unangenehme

Fragen stellen, obwohl es gar nicht leicht war, über diese Sachen nachzudenken.

»Kann es sein, dass er unglücklich war, Stevie? Hältst du es für möglich, dass irgendetwas passiert ist, was ihn dazu gebracht hat, so was tun zu wollen?«

»Weißt du, jeder ist manchmal traurig. Aber das heißt noch lange nicht, dass er selbstmordgefährdet ist.«

»Ja klar, aber vielleicht ...«

»Meg«, begann er und hielt seine Hand hoch, wie einen kleinen Schild. »Ich muss mich auf dich verlassen können, damit ich meinen Optimismus nicht verliere. Du musst daran glauben, dass er lebt. Wenn wir aufhören, daran zu glauben, dann drückt ihm kein Mensch mehr die Daumen, und egal, wo er jetzt gerade ist – er braucht Leute, die ihn unterstützen. Verstehst du das? Es ist sonnenklar, dass er einfach eine Weile irgendwo hingegangen ist. Ich weiß, er kommt zurück. Unsere Aufgabe ist es, herauszufinden, wo dieses ›Irgendwo‹ ist, und überhaupt müssen wir alles Menschenmögliche tun und ihm helfen, damit er wieder nach Hause kommen kann. Wir dürfen nicht zweifeln, Meg, auf keinen Fall. Das ist superwichtig. Es ist sogar das Allerwichtigste, was wir in unserem ganzen Leben je getan haben: dass wir glauben, er lebt.«

Ich sagte, okay, aber ich spürte, dass Stevie mein leises Zögern bemerkt hatte.

Pessimismus ist ansteckend, und um uns herum gab's jede Menge davon. Ein Teil von mir fing an, sich vorzustellen, wie Oscar das getan hatte, was alle anderen dachten. Ich weiß nicht recht, warum, aber ich hörte sogar oft so ein Wasserrauschen vor dem Einschlafen. Im Traum sah ich Oscars Leiche irgendwo im Wasser treiben, und die schwarzen Wellen schwappten langsam und salzig über seinen bleichen, toten, schuhlosen Körper.

Hunderte von Personen hatten sich an der Suche beteiligt. Stevie erzählte, dass sein Vater am Pier war, als ein Taucher Oscars Schuhe fand. Der Taucher habe seinem Vater die Schuhe gegeben, und der habe sie dann sorgfältig in seinem Rucksack verstaut. Man habe beobachten können, wie die nassen Flecken sich ausbreiteten, während er zum Auto ging. Als wäre der Rucksack plötzlich die Landkarte eines unbekannten Kontinents mit riesigen dunklen, ungleichmäßigen Ländern geworden.

Stevie beschwerte sich immer wieder darüber, dass niemand genug Einsatz zeigen würde. Aber nach allem, was ich mitbekam, taten viele Leute alles, was in ihren Kräften stand. Lange Zeit schlappten ganze

Teams mit Schwimmflossen und in Taucheranzügen über den Pier, bevor sie ins Wasser sprangen, um nach weiteren Beweisstücken zu suchen, oder dicht gedrängt in orangefarbenen Booten weit hinaus aufs Meer fuhren.

Sie verkündeten nicht offiziell, dass es sich hier um die Suche nach Oscars Leiche handelte, aber mit der Zeit wusste jeder, dass es genau das war. Immer wieder suchten die Tauchertrupps die ganze Felsküste ab.

Und als die Hoffnung, Oscar zu finden, immer mehr schwand, trottete sein Vater trotzdem unermüdlich die zerklüftete Küste entlang, immer mit seinem Fernglas vor den Augen.

Logisch war das nicht. Jedenfalls sagten das die meisten Leute, doch Oscars Dad glaubte immer noch an ein gutes Ende, genau wie Stevie. Und wie ich. Obwohl es mir schwerfiel. Sein Vater hielt am Glauben fest – denn wie sonst hätte man sich erklären sollen, dass er bei jedem Wetter da draußen unterwegs war und suchte, suchte, suchte?

»Hey, Meggy«, sagte er, als wir uns begegneten. Er lächelte. Aber es war kein richtiges Lächeln. Es sah so aus, als würde er es mit enormer Anstrengung auf sein Gesicht zerren.

»Hey, Mr Dunleavy«, erwiderte ich, und er sagte, ich könne ruhig Bill zu ihm sagen.

»Wie geht's Stevie?«

Das war eine dieser Fragen, die man nur stellt, um irgendetwas zu sagen. Ich wusste ja längst, wie es Stevie ging.

Stevies Zimmer befand sich im Erdgeschoss des Hauses, in dem die Dunleavys wohnten. Wegen des Rollstuhls. Wenn ich zu Hause gewesen wäre, hätte ich von unserem Wohnzimmer aus mit ihm reden können, so wie ich es von meinem Zimmer im oberen Stockwerk aus immer mit Oscar getan hatte. Aber ich wohnte nicht in unserem Haus. Dort wohnten noch die Killealys – Paloma und ihre Mutter. Ich hatte mir angewöhnt, so oft wie möglich mit dem Fahrrad dorthin zu radeln und vor Stevies Fenster zu warten. Gleich neben dem schiefen Kirschbaum und unterhalb von der Stelle, die früher mir und Oscar gehört hatte.

Manchmal schauten wir hoch und sahen, wie bei Paloma das Licht anging, aber wir redeten nicht über sie. Mir war es egal, wenn sie dachte, ich würde irgendwie herumlungern. Im Grunde wollte ich gar nicht an sie denken, obwohl ich dauernd das Gefühl hatte, dass sie in der Nähe war.

»Stevie geht's gut, vielen Dank, Meggy«, sagte Bill Dunleavy. »Ich muss sagen, er ist viel fröhlicher, als man erwarten würde. Das Herzzerreißende ist nur, dass er mir ständig sagt, dass es Oscar blendend geht, dass er sich an einem sicheren Ort aufhält, gesund und munter. Ehrlich, Meg, es wäre fast lustig, wenn nicht alles so schrecklich traurig wäre.«

Er lachte ein komisches Lachen, fuhr sich mit dem Handrücken über die Augen und schniefte ein bisschen.

»Ich gebe mir große Mühe, Meg. Ich versuche, mich auf Stevie zu konzentrieren, weil man seine Energie den Lebenden schenken muss – das sagen mir alle, immer wieder. In Wirklichkeit ist es allerdings Stevie, der *mich* tröstet: ›Mir geht's gut, Dad‹, sagt er. ›Echt. Du musst dir keine Sorgen machen.‹«

Es war, als hätte Oscars Vater vergessen, dass er mit jemandem redete, denn auf einmal begann er, undeutlich vor sich hin zu brummeln, so dass ich kein Wort mehr verstand. Seine breiten Schultern sackten nach vorn, das Fernglas baumelte traurig an der Schnur und vollführte eine verzweifelte kleine Pirouette.

Einerseits hätte ich am liebsten zu ihm gesagt, er solle aufhören, so fanatisch zu suchen, und lieber nach Hause gehen. Stevie könnte seinen Vater, den einzigen noch verbliebenen Elternteil, jetzt bestimmt gut brauchen. Aber andererseits dachte ich: *Wenn Oscars Dad aufhört zu suchen, dann ist das so ein krasser Einschnitt, dass ihm nur noch die Verzweiflung bleibt.* Und das wollte ich nicht.

Als aus den Tagen Wochen wurden, konnte man erleben, wie die fieberhaften Aktivitäten immer mehr nachließen und gar nicht mehr so fieberhaft waren und wie die Leute mit einem Kopfschütteln ihre tägliche Suche beendeten. Die Panik, die in den Anfangstagen bei allen Gesprächen herauszuhören war, verebbte. Panik fühlt sich zwar nicht besonders angenehm an, aber letzten Endes enthält sie tausend kleine Hoffnungssplitter. Wenn die Panik weg ist, bedeutet das in der Regel, dass auch die Hoffnungssplitter verschwinden. Selbst bei Oscars Vater bekam man den Eindruck, dass er aufgegeben hatte, und er fing an, über Oscar zu reden, als wäre er tatsächlich tot.

Und so akzeptierten alle nach und nach das nicht Akzeptierbare: Oscar würde nicht wiederkommen. Er hatte nichts von sich zurückgelassen. Außer dem Fahrrad. Und den aufgeweichten Schuhen.

Ich dachte die ganze Zeit: *Wäre ich doch nur nicht fortgegangen! Hätte ich doch nur diese blöde Neuseelandreise nicht gemacht.* Wenn ich nicht weg gewesen wäre, dann wäre Oscar noch hier, davon war ich überzeugt. Ich müsste jetzt nicht in die Dunkelheit starren und mich fragen, was eigentlich passiert war und wie alles dermaßen scheußlich werden konnte, dass Oscar eine so furchtbar hoffnungslose Entscheidung treffen musste.

Ziemlich genau ein Jahr vor diesen ganzen Ereignissen hatten meine Eltern das erste Mal die Reise erwähnt. Ich fand die Idee damals komplett abwegig und dachte, sie würden ein paar Tage darüber reden und die Idee dann wieder fallenlassen. Aber stattdessen wuchs ihr Enthusiasmus ziemlich schnell, und sie sprachen immer begeisterter und konkreter davon, dass wir weggehen würden, und schon bald redeten sie über nichts anderes mehr. Und sie wunderten sich sehr, dass ich nicht mitmachte.

Alle möglichen Dinge tauchten in unserem Haus auf: riesige Poster von Surfern und Delphinen und Schafen und Sonnenschein. Mit viel Getue hängte meine Mutter sie im Arbeitszimmer mit Powerstrips an die Wand und entfernte dafür Bilder von mir, was für mich die perfekte Metapher dafür war, wie dieser Neuseeland-Plan sich in mein Leben drängte und meine eigenen Pläne auslöschte – und zu meinen Plänen gehörte, dass ich da bleiben wollte, wo ich war.

Das Leben ist sowieso schon schwer genug, wenn man vierzehn ist. Man möchte sich nicht noch zusätzlichen Stress aufhalsen, indem man wegzieht von allem, was man einigermaßen kennt, und gezwungen wird, anderswo noch mal von vorne anzufangen.

Aber ehe ich mich's versah, waren die Flugtickets gekauft und alles beschlossene Sache, und Dad belegte dauernd das iPad, um mit seinen tollen neuen Kollegen am anderen Ende der Welt zu skypen.

Mum fing an, unsere Habseligkeiten in riesige Plastikkisten mit Deckel zu packen. Außerdem setzten meine Eltern eine Anzeige in die Lokalzeitung, um der ganzen Welt mitzuteilen, dass unser Haus während der sechs Monate, in denen wir weg sein würden, zu vermieten sei.

Und dann war es nur noch eine Woche bis zur Abreise, und mir fielen lauter Dinge auf, die mir vorher nie aufgefallen waren.

Ich musste ebenfalls packen – die Sachen, die ich mitnehmen wollte, und die Sachen, die hierbleiben konnten. Es fühlte sich nicht richtig an, meine Lieblingskapuzenpullis und Stiefel und Jogginghosen wegzupacken, obwohl ich sie doch eigentlich demnächst aus dem Schrank holen sollte.

Bevor wir weggingen, gab es bei uns ein paar ziemlich unangenehme Streitereien. Oscar behauptete anschließend immer, er habe jedes Wort verstanden. Meine Mutter hatte nämlich die Angewohnheit, sämtliche Fenster aufzureißen, sobald der Juni kam. Oscar fand, ich klänge bei diesen Auseinandersetzungen böse und undankbar, was seiner Meinung nach nicht zu mir passte. Er würde mich dann gar nicht wiedererkennen, dieses neue wütende Ich. Manchmal sei ich schon ziemlich komisch, sagte er, und nicht leicht zu verstehen.

Unsere Häuser standen so dicht beieinander, dass Oscar und ich von unseren Zimmern aus am Fenster miteinander reden konnten. Ich erinnere mich ganz genau, wie er hierhergezogen ist. Wir waren beide noch richtige Kinder. Der Umzugswagen verdunkelte unsere Küche, als er vorbeifuhr, und ich beobachtete alles von der Haustür aus. Und da habe ich ihn gesehen. Er war damals schon ziemlich groß und wirkte irgendwie in Gedanken versunken und weit weg. Ich weiß auch noch, wie ich Stevie das erste Mal gesehen habe, klein und munter und gesprächig in seinem Rollstuhl. Und dann der Vater der beiden, der vorsichtig die gigantischen Kartons aus dem Laster wuchtete und sie im Garten vor dem Haus stapelte. Er sagte kein Wort dabei, und auf seinem Gesicht war keine Vorfreude oder so was Ähnliches zu sehen, was man doch irgendwie erwarten würde, wenn jemand in ein neues Haus zieht.

Später sah ich Oscar wieder, dieses Mal von meinem Zimmer aus. Er saß am Fenster und schaute zum Himmel hinauf. Ein leichter Wind blies ihm durch die Haare, und er hatte das Kinn auf die Arme gestützt. Direkt neben ihm stand ein gigantisches Teleskop, und ab und zu schaute er hindurch. Zuerst tat ich so, als würde ich ihn nicht sehen. Warum? Weiß ich auch nicht. Dann riss er von dem Kirschbaum, der sich zwischen unsere Häuser quetschte, einen morschen Zweig ab und klopfte damit an meine Fensterscheibe. Als ich das Fenster öffnete, rief er »Hi!« und lächelte.

Oscar hatte ein unverstelltes, fröhliches Lächeln mit Grübchen. Dieses Lächeln war nur eine von tausend tollen Sachen an ihm.

Und von dem Moment an waren wir Freunde. Das war so selbstverständlich und so einfach, wie wenn man ein Streichholz anzündet.

Er kam die ganze Zeit zu uns rüber, und wir hingen zusammen rum. An einem Tag kauerten wir unter unserem Küchentisch und ritzten unsere Namen ins Holz, wo niemand sie sehen konnte. Danach war dieser Tisch für uns etwas Besonderes, weil sich an seiner Unterseite unser Geheimnis verbarg.

Man merkt ja gar nicht, wie man älter wird, aber eines Tages, früher oder später, macht es nicht mehr so viel Spaß, unter dem Küchentisch zu hocken. Als wir alt genug waren, um alleine loszuziehen, gingen wir als Erstes hinunter zum Hafen und warfen Steine ins Wasser. Wir wechselten uns ab, um genau zu sehen, wer sie öfter flitschen lassen konnte. Ich habe eigentlich immer gewonnen, aber das war Oscar egal.

»Jeder Mensch hat seine Spezialbegabungen«, sagte er, »und eine deiner Begabungen ist ein intuitives Gefühl für die Aerodynamik bei flachen Flitschsteinen.«

Mit seiner Art zu reden und mit dem, was er sagte, brachte er mich fast immer zum Lachen.

Dann fingen wir an, jeden Tag noch spätabends an unseren Fenstern zu sitzen. Oscar war anders als alle Leute, die ich kannte, und weil er mein Freund war, fand ich nichts nervig oder kompliziert. Alles war einfach und unterhaltsam und machte Spaß. Alles war irgendwie logisch.

Ich kann mich nicht erinnern, wer das Foto von uns gemacht hat, aber es hängt schon ewig in meinem Zimmer. Wir beugen uns aus unseren Fenstern und lachen einander an, wir freuen uns richtig, unser

Lachen hat nichts zu tun mit diesem Höflichkeitsgrinsen, das man sich angewöhnt, wenn man älter wird. Das Foto zeigt das echte Lachen, das kommt, wenn man dem ewigbesten Freund direkt ins Gesicht schaut.

Während der letzten Wochen vor der großen Reise bekamen unsere Gespräche einen neuen, traurigen Unterton. Ich saß oft an meinem Fenster und schniefte, während Oscar mich von seinem Fenster besorgt und liebevoll musterte. Er saß meistens im Fensterrahmen, schwang die Beine nach rechts und nach links und hielt sich dabei am Holz fest. Ich hatte mir angewöhnt, lockeren Gips von unserer Außenwand abzupulen. Es war eine armselige Form des Protests – meine Reaktion darauf, dass ich so unglücklich war und mich so unverstanden fühlte.

Die Abende vor der Abreise waren heißer als je zuvor. Aber andererseits ist bei uns hier selbst in einer windstillen Sommernacht die kühle Luft nie weit weg.

Ich erzählte Oscar, dass ich nicht fortwollte. Meine Eltern beraubten mich eines fundamentalen Menschenrechts, indem sie mich zu etwas zwangen, womit ich absolut nicht einverstanden war. Ich erzählte ihm von den Albträumen, die mich quälten, weil es richtig hart werden würde, lauter Neuseeländern zu begegnen, die ich überhaupt nicht kannte und die alle schon Freunde hatten und null Interesse daran, ein bleiches Mädchen aus Irland mit roten Haaren und Sommersprossen kennenzulernen.

Oscar Dunleavy war mein Freund, aber das hieß noch lange nicht, dass er automatisch mit allem einverstanden war, was ich sagte, oder dass er die gleichen Sachen glaubte wie ich. Und in Bezug auf die Reise war er eindeutig auf der Seite meiner Eltern. Er sagte, ich solle die ganze Sache positiv sehen und mich freuen. Genau das sagten meine Eltern auch die ganze Zeit. Oscars Meinung nach war die Reise eine tolle Gelegenheit, die mir auf dem Silbertablett serviert wurde.

»Da gibt's doch keinen Grund, sich zu beschweren«, sagte er. Ich würde ein halbes Jahr in einem großartigen Teil der Welt leben und in einem Haus mit Swimmingpool im Garten wohnen, ganz nah bei einem phantastischen See, der von Bergen umgeben war. Er sagte, wenn ich wegen so einer Reise schlechter Laune sei, dann würden alle Leute neidisch auf mich, denn sie würden denken, dass ich etwas, wozu nicht viele Jugendliche die Gelegenheit hatten, als selbstverständlich hinnahm, nämlich rauszukommen aus dem Alltag und eine Zeitlang ein völlig neues Leben auszuprobieren.

Und es könnte mir Unglück bringen, wenn mir der böse Blick der Missgunst folgte, während ich dabei war, mich an meine neue Umgebung zu gewöhnen.

Ich versuchte, Oscar zu beschreiben, was in mir vorging: Die Sonne dort war gefährlich und erbarmungslos, und im Vergleich zu den Neuseeländern war ich so blass, dass bestimmt alle denken würden, ich hätte eine schwere Krankheit oder eine Pigmentstörung. Unter Garantie würde ich die Rolle der Außenseiterin bekommen und keiner mit mir reden wollen.

»Die werden sich um dich reißen!«, sagte er. »Keiner wird denken, dass irgendwas mit dir nicht stimmt. Du bist für sie exotisch und faszinierend, und jeder will mit dir befreundet sein. Außerdem sind schon längst tausend Sachen gegen das heiße Klima erfunden worden, zum Beispiel Sunblocker. Klimaanlagen. T-Shirts. Meg, für jedes Problem gibt es eine Lösung. Im Moment suchst du doch nur nach Ausreden, um nicht gehen zu müssen.«

Schon nach ein paar Wochen würde ich meine Abneigung gegen diese Reise vergessen, sagte er, und meine Facebook-Seite vollkleistern mit lauter supersonnigen Lächelfotos.

»Während sich hier der irische Winter heranpirscht!«, fügte er noch hinzu. Morgens wurde es dann immer kälter und dunkler, und für die Schule aufzustehen, war unter den Bedingungen eine ganz schön deprimierende Angelegenheit, wie wir beide aus Erfahrung wussten. Ab Oktober klapperten alle mit den Zähnen, und die Hände gefroren am Fahrradlenker zu frostigen Klauen, weil der Eisregen von oben auf sie herunterprasselte.

»Wie viele Leute kennst du, die schon mal die Chance hatten, so eine Sonnenschein-Expedition zu machen? In ein tolles neues Land mit weißen Stränden und Partys im Freien und mit Surf-Unterricht?«

Ich hätte ihm ja gerne geglaubt. Aber in mir brodelte eine Wut, die sich in den letzten Wochen vor meiner Abreise auf fast alles erstreckte. Meine Eltern waren nicht fair genug, um mich zu fragen, ob ich überhaupt Interesse an dieser Unternehmung hatte. Nicht einmal aus Neugier. Dieser Gedanke ließ mich einfach nicht los, die ganze Zeit beschäftigte er mich, und das vergiftete die Luft um mich herum.

Ich hätte mir ein ernsthaftes Gespräch mit meinen Eltern gewünscht, bei dem ich sie darüber informieren könnte, dass ich nicht für Neuseeland geschaffen war, mit meiner Vorliebe für ein gemäßigtes Klima und mit meiner hellen Haut. Was ihnen ja offensichtlich entgangen war.

In den Wochen vor meiner Abreise sagte Oscar mir am Fenster alle möglichen Sachen. Er sagte, er werde mich sehr vermissen. Er sagte, er wisse jede Menge Details über Neuseeland, die sich als ganz schön praktisch herausstellen würden. Er sagte, diese Informationen werde er mir gleich nach meiner Ankunft mailen.

Ich wollte ihm auch jede Menge Sachen sagen. Sachen, die mir immer klarer wurden, je näher der Abschied rückte. Aber manchmal fällt es einem besonders schwer, die Dinge auszusprechen, die man unbedingt sagen möchte.

Und dann gab es noch die Dinge, die meine Eltern dauernd sagten: »Meg, Tausende von Kindern wären dankbar für so eine Chance!« Und: »Wir verstehen überhaupt nicht, wieso du dich so anstellst.«

Ich ging hinüber zu Oscar und Stevie und ihrem Vater, und alle drei sagten so was wie: »Ohne dich wird es nicht das Gleiche sein.« Und Stevie fuhr ganz schnell im Kreis herum. Er sagte, er schaffe ein Kraftfeld, um zu verhindern, dass ich wegging. Aber sein Vater sagte, er müsse damit aufhören, sonst würde allen schwindelig.

Wenn man vor etwas so große Angst hat, dass man fast erstarrt, und wenn man andererseits positive und freundliche Gefühle haben soll, dann verstummt man. Man möchte mit keinem mehr reden. Am liebsten würde man alle anschreien, sie sollen verschwinden und einen in Ruhe lassen.

Meine Eltern hatten angefangen zu betteln.

»Bitte, Meg!«, sagten sie, wenn ich mich mal wieder aufs Sofa fallen ließ, schlecht gelaunt und muffig, so wie man sich eben nur benimmt, wenn man traurig und unsicher ist.

»Kannst du dich nicht bemühen, weniger mürrisch und verschlossen zu sein?«

Mit der Zeit gaben sie auf. Logisch denkende Menschen tun das, wenn sie mit Betteln nichts erreichen. Stattdessen wurden sie selbst mürrisch und verschlossen. Sie redeten über die Reise, als wäre sie eine einzige unvermeidliche Quälerei. Sie verloren ihre ganze anfängliche Begeisterung. Sie redeten im Flüsterton über die Vorbereitungen, wie über eine plötzliche Krankheit oder eine gigantisch hohe Rechnung, die sie nicht erwartet hatten. Bald schien über unseren Köpfen ein riesiges Schwert zu schweben.

Ich bekam ein schlechtes Gewissen. Meinetwegen herrschte jetzt miese Stimmung. Meine Eltern, die sich auf die Reise ihres Lebens maßlos gefreut hatten, konnten sich nicht mehr freuen, und ich war schuld daran.

Die ganze Welt war trist, alles wie zum Zerreißen gespannt. Und so wäre es voraussichtlich auch geblieben, wenn es Oscar nicht gegeben hätte.

Oscar und ich haben uns nie gelangweilt, wenn wir uns am Fenster unterhielten. Schon als wir noch jünger waren, hatten wir angefangen, einander auch ganz persönliche Dinge zu erzählen. Wir redeten über alles. Über unsere Lieblingsfächer. Unsere Lieblingsfarben. Was wir werden wollten, wenn wir groß waren. Ich: Zugführerin, er: Trampolinmann. Ich habe ihn nie gefragt, was ein Trampolinmann ist. Ich hätte ihn fragen sollen, aber ich habe es nicht getan. Es gibt viele Fragen, die ich ihm hätte stellen sollen.

Ich muss dauernd daran denken, wie wir als Kinder waren. Ich erinnere mich daran, wie wir da saßen, zusammengekauert, heimlich, das Kinn auf die Ellbogen gestützt. Stundenlang redeten wir über die zentralen Dinge, über die Kinder reden müssen, zum Beispiel, ob es bald anfängt zu schneien oder was wir zu Weihnachten kriegen oder wann wir das nächste Mal in den Zoo gehen.

Am Anfang sagten unsere Eltern, wir dürften uns nicht aus dem Fenster lehnen, weil sie das extrem gefährlich fanden. Oft schimpften sie und sagten, wir sollten in unsere Zimmer zurückgehen, gute Nacht sagen und ins Bett gehen. Aber nach einer Weile hörten sie auf, sich Sorgen zu machen, und das Fenstersitzen wurde total selbstverständlich. Wir fielen nie hinunter. Sie kauften uns Handys, als wir elf waren, und sagten: »Jetzt könnt ihr immer miteinander reden, wenn ihr Lust habt.« Sie dachten, wir wären begeistert, waren wir aber nicht. Wir waren entsetzt. Wir brauchten doch keine Handys, solange wir nebeneinander wohnten. Oscar hatte immer noch den alten Kirschzweig in seinem Zimmer und passte auf, dass keiner ihn wegwarf, und jeden Abend wartete ich auf das kratzende Klopfen an meinem Fenster. Es war das schönste Geräusch der Welt.

Noch etwas über Oscar: Er hatte vor nichts und niemandem Angst. Und er traf immer seine eigenen Entscheidungen, egal, was andere Leute sagten. Das waren nur zwei seiner vielen tollen Eigenschaften. Und an die muss ich jetzt immer denken.

Er war nicht nur mein Freund. Er war irgendwie magisch. Ich kann es nicht besser ausdrücken. Er war ehrlich, er war vernünftig, und er war immer guter Laune. Und obwohl sein Bruder Stevie im Rollstuhl saß, war das kein Problem, jedenfalls nicht so, wie die meisten Leute sich das vorstellen. Oscar passte nämlich immer auf, dass alle Türen offen waren und dass jede Treppe eine Rampe hatte und jeder Bahnhof den passenden Eingang, den Stevie benutzen konnte. Er sagte oft, wenn die Welt besser organisiert wäre, dann würden alle Leute in Rollstühlen herumflitzen. Und wenn er das sagte, lachte Stevie immer.

Oscars Hobby war es, Menschen zu retten. Ständig rettete er irgendjemanden. Er reparierte Sachen, die kaputtgegangen waren, und fing Leute auf, die hinfielen. So ein Talent bemerkt man nicht sofort. Stevie meinte, dass Oscar eine Spezialbegabung besitze und Dinge riechen könne, bei denen man gar nicht denken würde, dass sie einen Geruch haben – Dinge wie Trauer und Verzweiflung, Angst und Hoffnungslosigkeit.

Er machte kein großes Trara, sondern war leise und selbstbewusst – wenn man an seine eigenen Fähigkeiten glaubt, dann ist man eigentlich immer fähig, sie einzusetzen, und das war bei Oscar der Fall. Wenn ich ihn fragte, antwortete er jedes Mal: »Das ist gar nichts Besonderes. Jeder Mensch merkt, wenn ein anderer Hilfe braucht, aber die wenigsten nehmen sich die Zeit, auf ihre Instinkte zu hören.«

Und das, so fuhr er fort, sei der einzige Unterschied zwischen ihm und den meisten anderen.

Es war allerdings nicht das Einzige an ihm, was ihn von anderen unterschied. Oscar backte immer Apfelkuchen. Ich fand seinen Apfelkuchen die längste Zeit eigentlich gar nicht ungewöhnlich. Bis zu einem Abend, wenige Tage vor meiner Abreise.

Dieser Abend geht mir nicht aus dem Kopf, auch wenn ich versuche, nicht an ihn zu denken.

Das vierte Stück

Wenn man an der Küste lebt, lernt man die tausend Geräusche des Meeres kennen – an manchen Tagen donnert und braust es, so dass man sich die Ohren zuhalten muss, an anderen Tagen klatscht es gegen die Felsen, als würden mehrere Riesen in die Hände klatschen. Manchmal brüllt es, manchmal murmelt es, manchmal plätschert es. Die Küste ist ein launischer Ort. Jeder Tag ist anders. Nichts bleibt gleich.

Es war ein Sommerabend im Juni. Mitternacht. Die Luft war warm, fast ein bisschen schwül, und das Meer war ruhig, aber immer wieder stieg ein kühler Hauch vom Wasser auf und mischte sich in die Wärme, wie das bei uns oft der Fall ist, selbst bei richtig heißem Wetter.

Der Mond glänzte silberhell und sah aus, als würde er atmen, und Meg Molony saß in ihrem Fenster, ein spektakulärer Anblick: ihr hübsches Gesicht mit den Sommersprossen, ihre Hände, mit denen sie lockere Gipsstückchen von der Mauer klaubte, ihre Augen, die aufmerksam ins Dunkel spähten.

Ich war den ganzen Abend beschäftigt gewesen, weil ich eine meiner Eingebungen gehabt hatte.

»Hast du Apfelkuchen gebacken?«, fragte Meg.

»Ja, stimmt. Woher weißt du das?«

Sie deutete auf meine Haare. Ich schüttelte den Kopf, und eine weiße Mehlwolke wirbelte um mich herum, was uns beide zum Lachen brachte.

Ich versuchte mal wieder, die Sache mit den Apfelkuchen zu erklären. Manche Leute spüren in den Knochen, dass das Wetter umschlägt. Andere merken, wo unterirdische Wasseradern verlaufen. Ich kann Dinge in der Luft riechen, quälende Dinge voller Sehnsucht. Diese Gerüche sind für mich ein Zeichen dafür, dass es Zeit ist zu backen.

Meg sagte, immer wenn ich von meinem Apfelkuchen rede, klingt es total logisch und normal, obwohl es das ja eigentlich nicht ist.

Und genau in dem Moment spürte ich es, wie erwartet. Ich richtete mich auf und lehnte mich noch weiter aus dem Fenster, weil ich Meg dazu bringen musste, dass sie aufhörte zu reden.

»Wart mal kurz, Meg«, sagte ich, und sie fragte:

»Was ist los, Oscar? Was ist?«

Ich konnte nicht antworten, sondern nahm das Teleskop und schaute über unsere Häuser hinweg zum Pier. Ich hörte etwas, was sonst niemand hören konnte, und sah etwas, was sonst niemand sah.

Meg gab sich große Mühe und spitzte die Ohren, während ihr weißer Vorhang matt um sie herumschwebte wie ein müder kleiner Geist.

Eine Minute verging.

»Ich glaube, da ist jemand«, flüsterte ich.

Megs Augen wurden riesengroß, und ich sah an ihren Bewegungen, dass sie eingeweiht werden wollte.

»Ich rieche es, Meg. Der Geruch ist jetzt ziemlich stark.«

»Ich rieche gar nichts«, sagte sie.

»Wahrscheinlich kannst du es riechen, wenn du dich noch ein bisschen mehr konzentrierst.«

Sie konzentrierte sich ein bisschen mehr, aber es half nichts.

»Wonach riecht es denn?«, wollte sie wissen.

»Es riecht, als wäre jemand in Not. Verzweifelt. In Panik. Schlimmer als Angst – viel zerstörerischer. Unten auf dem Pier. Ich muss hin.«

Ich nahm eine Wolldecke und stopfte sie in meinen Rucksack. Einen meiner Apfelkuchen hatte ich schon in eine weiße Schachtel gepackt. Diese Schachtel musste ich balancieren wie ein Kellner sein Tablett. Es war ein Wunder, dass der Kuchen nicht total zerbröckelte, als ich aus dem Fenster kletterte und dann den Baum hinunter. Den Baum kannte ich in- und auswendig, und das machte sich jetzt bezahlt.

»Aua«, ächzte ich ein paarmal, bevor ich endlich

auf dem Boden landete. Dort musste ich ein bisschen herumhüpfen und mir die Ellbogen reiben. Und immer noch die Kuchenschachtel balancieren. Meg fragte mich, ob alles in Ordnung sei. Ich antwortete: »Ja, alles in Ordnung.«

Mein Fahrrad stand am Gartentor und schimmerte im Mondschein.

»Da ist ein Mann, Meggy. Er steht am Wasser. Jemand muss ihn retten, bevor es zu spät ist.«

»Ein Mann? Ist er allein? Am Meer, um Mitternacht? Was hat das mit dir zu tun?«

Ich weiß nicht, warum, aber ich mache mir nie Gedanken darüber, ob mich etwas betrifft oder nicht.

Meg sagte, es sei wunderbar, mit mir befreundet zu sein, aber manchmal sei es auch anstrengend.

»Willst du da wirklich hin? Jetzt? Mitten in der Nacht?«

»Meg, hast du nicht gehört, was ich gesagt habe? Jemand ist in Not und braucht Hilfe.«

»Woher willst du das wissen? Vielleicht geht es ihm bestens. Und kann es nicht sein, dass der Mann, wer immer er ist, allein und ungestört sein möchte?«

»Klar kann das sein. Aber mein Instinkt sagt mir, nein.«

»Darf ich mitkommen?«

»Wenn du willst«, sagte ich. »Aber denk dran – uns läuft die Zeit davon.«

Wie sich herausstellte, hatte ich recht. Da war ein Mann. Er stand ganz am Ende des Piers und starrte ins glitzernde Dunkel des Wasser, direkt neben der rostigen, mit Entenmuscheln bewachsenen Leiter, die hinunter in die Tiefe führt.

Er schien schon ziemlich alt zu sein. Ein zotteliger kleiner Hund trabte unruhig hin und her, schaute ins Wasser, dann zu dem Mann, dann wieder ins Wasser. Versteckt bei der Mauer lag eine zerknüllte, löcherige Decke. Außerdem standen da zwei traurige, knitterige Taschen, aneinandergeschmiegt wie zwei verängstigte Kinder. Das Gesicht des Mannes war ein Labyrinth aus Falten, und seine Hände waren schmutzig. Tränen hatten auf seinen Wangen verästelte, schimmernde Spuren hinterlassen.

Mit meiner sanftesten Stimme fragte ich ihn, was er mache.

»Ach, du meine Güte«, sagte er. »Würdet ihr bitte den Hund nehmen.« Er schaute uns nicht an, sondern starrte wie gebannt ins Wasser, als hätte er etwas verloren.

»Ich habe dafür gesorgt, dass Homer in Sicherheit ist, fern vom Meer«, fuhr er fort. »Und ich habe den Tierschutzverein informiert, alles war geregelt, aber der dumme kleine Kerl ist mir gefolgt, und ich kann ihn nicht überreden, wieder heimzugehen.«

Der Hund saß nun ganz verunsichert neben ihm.

Die Stimme des Mannes war leise und klang irgendwie weit weg, aber verblüffend vornehm.

»Dieser Hund! Aber er hatte schon immer einen ausgeprägten Geruchssinn, und er hat mich hier gefunden. Alles in allem ist er wirklich ein guter Junge – stimmt's, Homer? –, aber ... im Moment wäre ich lieber allein.«

Ich kniete mich auf den unebenen Boden. Homer kam zu mir und beschnupperte mich ausführlich. Ich vermute, er kam zu dem Schluss, dass ich okay und vertrauenswürdig war, denn ein paar Sekunden lang legte er mir die Schnauze aufs Knie. Aber dann fing er wieder an, nervös umherzutrotten.

»Soll ich den Hund mitnehmen?«, flüsterte Meg, und ich wusste, sie sagte das, weil sie helfen wollte.

»Nein, Meggy, der Hund bleibt hier«, flüsterte ich zurück.

Und mir war bewusst, dass es entscheidend war, was ich jetzt zu dem Mann sagte, also überlegte ich eine Weile, und dann begann ich zu sprechen, so klar und deutlich, wie ich nur konnte.

»Ich glaube, ich weiß, was Ihnen durch den Kopf geht, während Sie allein hier stehen, aber diese Gedanken verschwinden wieder«, begann ich. »Sie werden sich nicht immer so fühlen. Das geht vorbei. Homer wird für Sie da sein, und die Sonne wird aufgehen, und Sie werden wieder wissen, warum alles ist, wie es ist, auch wenn Sie jetzt denken, das gilt nicht mehr. Stimmt's, Meg?« Ich drehte mich zu ihr um, und in dem Moment konnte man die ersten Anzeichen eines neuen Sommermorgens ahnen, und die Vögel fingen an zu zwitschern.

Der Mann sagte uns, er heiße Barney. Barney Brittle. Er stützte den Kopf in die Hände und sagte mit leiser, müder Stimme: »Kinder, ihr meint es beide gut, aber nehmt bitte meinen Hund und lasst mich allein. Es wäre mir wirklich lieber, ihr geht nach Hause. Danke für alles, aber das hier geht euch nichts an. Ich wäre gern ungestört.« Keiner von uns rührte sich. Eine halbe Ewigkeit lang. Jedenfalls fühlte es sich so an.

Ich wusste es, als der Moment gekommen war: Ich fasste in meine Fahrradtasche und holte die weiße Pappschachtel heraus. Ich musste gut aufpassen, denn Apfelkuchen ist empfindlich. Und dieser hier war wichtig. Ich reichte ihn Barney.

»Hier«, sagte ich. »Den habe ich für Sie gemacht.«

Barney hob den Kopf und schaute auf die Schachtel.

»Wieso solltest du etwas für mich machen? Wir sind uns doch gerade erst begegnet.«

Doch plötzlich leuchteten seine Augen so hell und neugierig, wie man es bei einem alten Mann in dieser Situation nicht erwartet hätte.

Er nahm ein Stück, hielt es ganz dicht vor sein Gesicht und schnupperte mit geschlossenen Augen.

»Ich muss zugeben«, sagte er, »das riecht ziemlich gut.«

»Ziemlich gut?«, rief ich empört, als wäre ich ehrlich gekränkt, aber eigentlich wollte ich nur die Stimmung ein bisschen aufhellen. »Ich habe erwartet, dass Sie den Kuchen besser als ›ziemlich gut‹ finden.«

»Ach tatsächlich?«, murmelte Barney, aber man sah ihm an, dass er sich echt für den Apfelkuchen zu interessieren begann. Und für uns.

Er biss hinein, schloss wieder die Augen und sagte nach ein, zwei Minuten: »Das ist in der Tat was ganz Besonderes.«

»Sehen Sie?!« Ich war erleichtert, stolz und glücklich.

»Nein, so was!«, sagte Barney. »Hast du den Kuchen wirklich selbst gebacken? So etwas Leckeres habe ich nicht mehr gegessen seit, seit ... Ich habe noch nie so etwas Leckeres gegessen. Das ist ... das ist grandios!«

»Ich weiß«, sagte ich.

Homers Laune war total umgeschlagen: Er war außer sich vor Freude, eine Freude, die Hunde dadurch mitteilen, dass sie mit dem ganzen Körper wedeln und den Leuten zwischen den Beinen herumflitzen.

Meg und ich aßen ebenfalls ein Stück, und wir gaben auch Homer etwas ab. Da saßen wir nun und mampften und freuten uns. Und wir fühlten uns unglaublich wohl, so wohl, wie man sich fühlt, wenn keine Worte nötig sind.

Ein nicht zu bändigender Sonnenstrahl ergoss sich von der Insel quer übers Meer, und alles wurde von goldenem Glanz überflutet. Ich schaute auf mein Handy. Wir waren schon sehr lange hier, viel länger, als ich gedacht hatte. Ich würde ein Riesenproblem bekommen, wenn mein Vater merkte, dass ich nicht im Bett und nicht einmal zu Hause war, sondern hier am Pier mit einem fremden Mann redete und Apfelkuchen aß.

»Nehmen Sie den Rest mit nach Hause«, sagte ich zu Barney. »Der Kuchen ist für Sie.«

»Ach, mein lieber Junge, ich danke dir von Herzen. Ich denke tatsächlich, ich mache mich jetzt auf den Heimweg. Und ihr zwei müsstet ja schon längst wieder in euren Betten liegen. Ich habe euch lang genug wach gehalten – in dieser Herrgottsfrühe.«

Wir gaben einander die Hand und lächelten.

»Es wird alles gut«, sagte ich zu ihm.

Und er erwiderte: »Ja, ja – ich muss sagen, dass ich das auch denke.«

Meg und ich nahmen unsere Fahrräder und fuhren los.

Ich zwang sie, auf dem Rückweg meine Schuhe anzuziehen, die ihr allerdings zu groß waren.

»Oscar, hat dir eigentlich schon jemand gesagt, wie seltsam du bist?«

»Ja. Du. Praktisch jeden Tag.«

»Weil es stimmt.«

»Das macht mich noch netter, oder? Gib's zu«, sagte ich und stupste sie vorsichtig mit der Schulter an, und sie sagte: »Ja klar.«

Wir gingen beide nach Hause und winkten einander von unseren Zimmern aus zu.

»Was soll ich ohne dich machen, Oscar?«

»Es wird alles gut«, antwortete ich. »Wahrscheinlich ist es gar nicht so übel, wenn du eine Weile von mir weg bist. Ich bin eine Nervensäge. Sagst du doch immer.«

»Genau«, sagte sie. »Es ist garantiert super, dich ein paar Monate los zu sein.« Doch dann fügte sie hinzu: »Aber jetzt mal im Ernst, Oscar –«

»Was?«

»Schreib mir immer. Bitte.«

»Ja klar.«

»Versprochen?«

»Versprochen.«

»Gut. Ich werde dich nämlich sehr vermissen.«

Das fünfte Stück

Es war schwer, mit Oscar mitzuhalten. Zum Beispiel in der Nacht, als wir Barney kennenlernten. Oscar saß ganz normal im Fenster und schlenkerte wie immer mit den Beinen, aber plötzlich sprang er in den Kirschbaum und kletterte wie ein Trapezkünstler nach unten, bewaffnet mit einem Apfelkuchen. Und dann war er verschwunden, ein Silberstreif in der Nacht, seine Füße verschwommene Kreise.

»Ach, verdammt nochmal«, dachte ich, zog meinen Kapuzenpulli an, schob das Fenster ganz hoch und sprang dann auch in den Baum, genau wie Oscar. Und genau wie er landete ich irgendwie auf der Erde. Zum Glück bremsten die Zweige die Abwärtsbewegung ein bisschen ab. Ich rappelte mich hoch und schlich auf Zehenspitzen zur Garage, um mein Fahrrad zu holen. Die Garagentür knarrte unheimlich laut, als ich sie öffnete. Ich konnte nur hoffen, dass meine Eltern davon nicht aufwachten.

»Oscar!«, rief ich leise. Ich konnte ihn noch sehen, aber er war schon ziemlich weit weg, ein Lichtschein in der Ferne, der leicht auf und ab wippte, als würde er auf bewegter See treiben.

»Oscar, Oscar, Oscar«, murmelte ich vor mich hin und raste, so schnell ich nur konnte, in Richtung Pier. Ich hatte mir das angewöhnt: seinen Namen zu flüstern, immer und immer wieder.

»Das ist ein Apfelkuchen«, sagte Oscar feierlich in dieser Nacht zu Barney, als wäre ein Apfelkuchen die Antwort auf alle Fragen und würde tausend Erklärungen liefern.

»Aber es ist kein normaler Apfelkuchen. Die ganze Welt wird anders aussehen, nachdem Sie einen Bissen probiert haben. Alles verändert sich, und wenn Sie dann das ganze Stück gegessen haben, werden Sie merken, dass alles wieder okay ist.«

Und als Barney in den Kuchen biss, veränderte sich tatsächlich sein Gesicht. Ich bin mir nicht ganz sicher, ob bei Oscars Apfelkuchen Magie im Spiel ist, aber ich muss sagen: Er schmeckt immer phantastisch.

»Kannst du bitte den Hund im Auge behalten?«, flüsterte Oscar mir zu. »Ich will mich noch ein bisschen mit Barney unterhalten.« Ich rief den Hund zu mir, setzte mich hin und kraulte ihn, während Oscar und Barney miteinander redeten. Ich konnte nicht alles verstehen, was sie sagten, aber nach einer Weile hörte ich sie lachen. Oscars leises Gelächter kam zuerst zu mir geflogen und wehte dann hinaus aufs Meer, gefolgt von dem tiefen, keuchenden Bellen des alten Mannes, das wie Erleichterung klang. Oder wie Freiheit. Jedenfalls war es ein verblüffend fröhliches Geräusch und löste bei mir ein Gefühl aus, das ich nicht richtig einordnen konnte – irgendwie tröstlich, würde ich sagen. Angenehm, warm – was sehr praktisch war, wenn man bedenkt, dass ich barfuß herumsaß und mich fragte, warum ich überhaupt hier war, denn meine Schlafanzughose fühlte sich schon ziemlich feucht und matschig an.

»Ich will niemanden beleidigen, aber ich hätte nicht gedacht, dass er so eine angenehme Stimme hat«, sagte ich zu Oscar, als wir uns von Barney verabschiedet hatten und nebeneinander nach Hause radelten.

»Vielleicht, weil du noch nicht mit vielen Leuten geredet hast, die so sind wie er.«

Jemandem wie Barney war ich noch nie auch nur *begegnet.*

So war das, wenn ich mit Oscar loszog – ich erlebte immer was Neues. Dachte neue Gedanken. Lernte neue Leute kennen.

Oscar verhielt sich so, als wäre seine Apfelkuchen-Strategie das Allernormalste auf der Welt. Anscheinend merkte er gar nicht, dass dem nicht so war. Wenn jemand anders auf die Idee gekommen wäre, einen Apfelkuchen zu backen, und wenn dieser Mensch auf die gleiche wunderbare Weise einen Menschen gerettet hätte, so wie Oscar, dann wäre dieser Retter wahrscheinlich geplatzt vor Stolz, oder er hätte zumindest ein bisschen arrogant und selbstzufrieden dreingeschaut. Aber Oscar machte sein normales Gesicht.

Als ich später im Bett lag, dachte ich an die Reise nach Neuseeland und dass sie immer näher rückte und dass ich mich doch eigentlich freuen müsste. Warum sträubte ich mich nur so verzweifelt dagegen?

In dem Augenblick fiel plötzlich die Wahrheit vom Himmel und landete auf mir wie ein Sack mit Marshmallows und anderen weichen Süßigkeiten. Es war ein buntes, klares, sanftes Gefühl der Gewissheit, das ich innerlich und äußerlich spürte. Auf einmal verstand ich alles. Ich verstand die Kämpfe, die ich mit meinen Eltern führte. Ich verstand, warum ein Abenteuer weit weg von Oscar mir so schrecklich erschien.

Ich wollte mich nicht von ihm trennen. Ich wollte nicht in einem unbekannten Haus in einem fremden Land an einem neuen Fenster sitzen, ohne mit ihm reden zu können. Oscar war der Grund. Oscar war der Grund, weshalb ich hierbleiben wollte.

Der Tag unserer Abreise kam immer näher, und weil man die Zeit nicht anhalten kann, war er irgendwann da. Es war sehr frühmorgens. Ich lag noch im Bett und hoffte, es würde irgendeine Katastrophe geschehen, damit wir nicht gehen mussten. Da hörte ich Oscars übliches *Klopf-klopf-klopf* an meinem Fenster.

Ich rollte mich aus dem Bett und taumelte hinüber zum Fenster, um mich von ihm zu verabschieden, auch wenn ich es nicht wollte. Oscar war nicht da. Dafür entdeckte ich einen Kondensationsfleck, als hätte jemand an die Scheibe gehaucht, und als ich das Fenster öffnete, schlug mir ein Schwall warmer Luft entgegen – und der vertraute süße Zimtgeruch. Zwischen unseren Häusern hatte jemand ein Seil mit zwei Rollen angebracht.

Und auf einem kleinen, schwebenden Brett befand sich, leicht hin und her schwingend, eine weiße

Pappschachtel, so wie er sie in der Nacht zum Pier mitgenommen hatte. Darin war ein Apfelkuchen von Oscar, der in der Mitte ein goldenes M hatte und ein winziges Flugzeug, umgeben von Wolken, und dann noch ein kleines Smiley. Alles aus Teig gebacken. Und ein ganz spezieller Duft hüllte mich ein, der Duft, der entsteht, wenn Butter und Zucker und Gewürze miteinander vermischt und im heißen Herd gebacken werden.

Ich hörte, wie meine Mutter die Treppe rauf- und runterrannte. Ich hörte die Stimme meines Vaters, angespannt und knurrig. Dauernd klingelte das Telefon, und meine Eltern blafften sich gegenseitig an, der andere solle gefälligst rangehen. Die Luft vibrierte vor lauter gereizter Energie – so wie das immer geschieht, wenn Menschen mit einer gnadenlosen Widerstandskampagne bombardiert wurden und jetzt unsicher sind, weil sie eine monumentale Entscheidung getroffen haben, die sie nicht mehr rückgängig machen können.

Ich holte den Kuchen von seinem kleinen Brett, trug ihn nach unten und stellte ihn auf den Küchentisch.

»Wo kommt der denn her?«, fragte meine Mutter und blieb abrupt vor dem goldenen Backwerk stehen.

»Von Oscar«, sagte ich nur, als wäre damit alles

erklärt. Als mein Vater das M und die Wolken und das Flugzeug und das Smiley sah, lächelte er.

Wir waren alle drei ganz verzaubert und begannen wie in Zeitlupe, den Tisch für den Kuchen vorzubereiten. Dad holte drei Teller aus dem Schrank, ich setzte Teewasser auf, und meine Mutter suchte nach einem Messer. Vorsichtig stellte sie vor jeden von uns einen Teller mit einem süßen, krümeligen Stück Apfelkuchen.

Eine neue Atmosphäre breitete sich in unserer Küche aus – ohne Ärger, ohne Stress. Und während der Kuchen in unseren Mündern zerschmolz, schmolzen auch viele andere Dinge dahin, zum Beispiel die Ängste und Zweifel und überhaupt alles, was uns schlecht gelaunt und verschlossen gemacht hatte.

Die Schatten unserer Verunsicherung schienen zu verschwinden.

Ich weiß, es klingt komisch, aber nachdem wir ein paar Bissen gegessen hatten, sah die Welt plötzlich ganz anders aus.

In meinem Kopf erwachte etwas Gutes, Offenes, und ich staunte über mich selbst, als ich eine kurze Rede darüber hielt, wie sehr ich die Abenteuerlust meiner Eltern bewunderte und wie fest entschlossen ich war, alles zu tun, damit sich diese Unternehmung für uns drei lohnte, und wie sehr ich mich bemühen wollte, dem Plan positiver zu begegnen.

Mum und Dad sahen erst einander an, dann mich, und dann fingen sie an, mich zu loben: wie lieb das von mir sei, wie erwachsen, wie vernünftig. Und anschließend umarmten sie mich beide, und es war eine warme, süße Apfelkuchen-Umarmung.

»Ich muss schon sagen«, sagte meine Mutter später, »kennst du sonst noch einen Jugendlichen, der sich so eine Mühe macht – weil er gemerkt hat, wie beschäftigt und gestresst wir die ganze Zeit waren und wie lang es her ist, dass wir etwas Selbstgebackenes gegessen haben? Und etwas derart Exquisites! Er muss auch den Teig selbst gemacht haben. Das ist wirklich etwas Besonderes. Und dann diese sinnigen, passenden, sorgfältig ausgeschnittenen Motive obendrauf! Jemanden wie ihn gibt es nicht noch mal.«

»Ja«, sagte ich. »Stimmt.«

Danach fühlte sich die Abreise nicht mehr an wie eine erdrückende, negative Pflicht, sondern eher wie ein Freudenfest.

»Vergiss nicht, dich bei Oscar für den Kuchen zu bedanken«, ermahnte mich meine Mutter. Sie wirkte irgendwie verwundert und glücklich, während mein Vater im Hintergrund verträumt nickte.

»Okay, wird gemacht«, sagte ich.

Wer hätte gedacht, dass etwas so Konkretes aus viel Butter und Zucker die Antwort auf meine Ängste sein könnte? Wie sich zeigte, war Oscars Kuchen die Lösung. Ein einfacher Kuchen.

Oscar sagte, da ich die Reise jetzt positiv sähe, würde sie sogar noch besser werden als seine Prophezeiungen. Bestimmt werde schon gleich nach der Ankunft alles absolut phantastisch laufen – ich würde mich total wohl fühlen und nichts könne schiefgehen.

Aber neben diesen neuen, angenehmen Gefühlen gab es noch etwas anderes. Ein Aspekt, der mich schon seit einer ganzen Weile verfolgte, machte sich wieder massiv bemerkbar, und ich konnte ihn nicht mehr für mich behalten. So läuft das oft bei mir: Wenn mich etwas stark beschäftigt, dann muss ich es aufschreiben.

Lieber Oscar,

ich weiß nicht, wie ich es machen soll – aber ich muss dir etwas sagen. Ich denke die ganze Zeit an die Nacht, in der du Barney mit deinem Kuchen gerettet hast – und daran, wie gut und lieb du immer bist. Aber erst heute Morgen, als du mir auch einen Apfelkuchen geschickt hast, habe ich begriffen, was ich dir sagen muss.

Der Zeitpunkt ist eher ungünstig, aber – weißt du,

der Grund, weshalb ich nicht wegwollte, und der Grund, warum ich hierbleiben wollte – der Grund bist du.

Ich habe nichts gegen Neuseeland oder so. Aber wegen meiner Gefühle, vor allem wegen meiner Gefühle für dich, sieht die ganze Welt anders aus.

Ich weiß nicht, ob es daran liegt, dass alles dunkler oder heller geworden ist. Ich glaube, das hängt davon ab, wie du für mich empfindest – und hoffentlich empfindest du genauso wie ich.

Jedenfalls hast du mich davon überzeugt, dass ich, wie du sagst, »das Abenteuer positiv sehen« sollte. Ich habe beschlossen, genau das zu tun. Es war dein Apfelkuchen, der bewirkt hat, dass ich mich endlich ganz und gar darauf einlassen möchte. Aber ich muss mir ganz sicher sein, dass du da bist, wenn ich zurückkomme.

Ich liebe dich, Oscar Dunleavy.

Ich habe mich gleich am ersten Tag in dich verliebt.

Ich muss wissen, ob es dir genauso geht. Gib mir ein Zeichen. Irgendeines.

Alles Liebe,

Meg

Ich legte die Hand flach aufs Papier und überlegte einen verrückten Moment lang, ob ich rüberlaufen und den Zettel in den Briefkasten stecken sollte.

Was würde Oscar sagen, denken oder tun, wenn ich mich das traute?

Ich habe ihm den Brief nie gegeben, weil ich Angst hatte. Ich hatte Angst, er könnte mich auslachen. Ich hatte Angst, dass das, was ich da geschrieben hatte, für ihn total dumm und lächerlich klang. Ich hatte Angst, dadurch könnte das, was zwischen uns war, kaputtgehen. Ich hatte Angst, dass er … dass er vielleicht meine Gefühle nicht erwiderte. Ich steckte den Brief zwar in einen Umschlag, auf den ich *Für Oscar Dunleavy* schrieb, aber letzten Endes habe ich ihn nicht eingeworfen.

Stattdessen drehte ich den Brief hin und her, bis er ganz zerknittert war. Dann strich ich ihn wieder glatt und schob ihn unter meine Matratze – ein weicher, stummer, stiller Ort, den niemand sieht.

Das sechste Stück

Als Meg nach Neuseeland aufbrach, fehlte sie mir sehr – vom ersten Tag an. Ich schaute zu ihrem Zimmer hinüber, und immer wenn ich das leere, leblose Fenster sah, verkrampfte sich etwas in mir. Ein richtiger Schmerz. Ich war so daran gewöhnt, ihr Gesicht zu sehen, dass es sich falsch und traurig und irgendwie hoffnungslos anfühlte, es nicht zu sehen.

Und als dann Paloma Killealy einzog ... Klar, sie war nicht Meg, und sie würde Meg auch nie ersetzen können oder so was ... aber ich dachte, dass ich sie kennenlernen könnte, und sie schien das auch zu denken, und das war irgendwie gut, dachte ich. Damals.

Der Energiser stand bevor, und zwar in der ersten Woche nach Palomas Ankunft. Am Tag vorher fragte sie mich in der Schule, vor ganz vielen Leuten, darunter auch Andy und Greg, ob ich sie zum Energiser mitnehmen würde.

Sie hatte natürlich keine Ahnung, wie das mit dem Energiser funktioniert. Woher auch. Der Energiser ist eine Veranstaltung, die zweimal im Jahr stattfindet, in einer großen Halle am Stadtrand, zwischen lauter Feldern.

Wenn man hingeht, verbringt man den ganzen Abend damit, seine Freunde anzuschreien, weil sie sonst kein Wort verstehen, und man schaut Jungs wie Andy und Greg dabei zu, wie sie Mädchen küssen. Mehr passiert da nicht. Der Energiser ist, ehrlich gesagt, immer ziemlich langweilig, aber jeder geht hin. Keine Ahnung, warum.

Eins weiß ich allerdings: Keiner nimmt jemanden mit zum Energiser. So läuft das nicht. Ich erklärte das Paloma, und sie sagte: »Ach so, verstehe. Na okay«, und verließ den Schulhof. Ihre Haare wippten von einer Seite zur anderen, und Andy und Greg waren völlig außer sich, meinetwegen.

»Mann, Oscar, bist du verrückt? Sie ist ganz klar scharf auf dich, und was machst du? Du schaust sie nicht mal an.«

Sie sagten, in unserer Schule hätte es noch nie so eine tolle Schülerin gegeben wie Paloma, in den ganzen Jahren nicht, kein einziges Mal seit ihrer Gründung, und die war 1968.

»Sie bietet sich dir auf dem Silbertablett an. Was geht nur in deinem kleinen Kopf vor, Mann?«, fragte

Greg und nahm mich in den Schwitzkasten, so wie er und Andy das immer machen.

Paloma entdeckte unsere Fenster, so wie Meg und ich, und es dauerte nicht lange, bis wir anfingen, uns zu unterhalten. Irgendwie fühlte es sich komisch an, aber auf ihre Art war Paloma sehr nett, und mir tat es gut, jemanden in diesem Fenster zu sehen. Außerdem hatte sie nicht den geringsten Schimmer, wie's bei uns in der Schule läuft, also war es eine gute Möglichkeit, ihr alles zu erklären.

»Entschuldige, dass ich dich vor deinen Freunden in Verlegenheit gebracht habe«, sagte sie, und ich beruhigte sie, das sei okay.

»Hier ist alles total anders als da, wo ich herkomme. Ich brauche eine Weile, um mich anzupassen«, erklärte sie. »Bei uns gab es große Schulbälle, und die Jungs haben die Mädchen dazu eingeladen.«

»Ah, verstehe«, sagte ich und versicherte ihr, sie müsse sich nicht entschuldigen, es sei doch völlig verständlich, wenn sie dachte, hier wäre es genauso.

»Ich habe eine Frage an dich, Oscar.« Sie beugte sich aus Megs Fenster, wickelte ihre Haare um die schlanken Finger und öffnete und schloss dabei ganz langsam die Augen. Ich sagte: »Okay, klar, schieß los.«

»Ich bin neugierig, das heißt, ich wüsste gern –

wenn die Jungs die Mädchen zum Energiser einladen würden – ich meine – wenn das so wäre – also, was ich sagen will –, würdest du mich dann zum Energiser einladen?«

Ich wusste gleich, worauf sie hinauswollte. Sie strich sich über den Arm, legte den Kopf schief und schaute mich mit ihren feuchtschimmernden Augen an. Und sie sah wirklich verdammt hübsch aus.

Da dachte ich, dass Paloma Killealy eindeutig Interesse an mir hatte, und das war ein tolles Gefühl, vor allem, weil fast alle Jungen in meiner Klasse pausenlos über sie redeten. Wenn sie vorbeikam, seufzten die Schüler in den Gängen, und sie sogen die Luft ein, durch die sie gegangen war. Andy und Greg waren mehr oder weniger besessen von ihr und konnten an nichts anderes mehr denken. Ständig wollten sie von mir wissen, wie es war, sie als Nachbarin zu haben.

Das hätte alles wahnsinnig schmeichelhaft sein können, aber nur weil ein attraktives Mädchen sich für einen interessiert, bedeutet das noch lange nicht, dass man seine Pläne umwerfen muss.

»Paloma, es ist sehr nett von dir, dass du mir so eine Frage stellst. Freut mich echt.« Doch dann fügte ich hinzu, dass ich ihr etwas anvertrauen wollte, was ich noch niemandem erzählt hatte, und ich zwang sie, mir zu versprechen, dass sie es für sich behalten würde. Sie sagte: »Ja klar, versprochen«, und ihre Miene war so ernst und glaubwürdig, wie man sich nur vorstellen kann.

»Weißt du – da ist ein Mädchen. Sie heißt Meg. Sie hat in dem Zimmer gewohnt, in dem du jetzt wohnst, und wenn du ausziehst, dann kommt sie zurück, und ich denke eigentlich die ganze Zeit nur an sie. Ich überlege mir, was sie gerade tut und denkt. Wenn es so wäre, dass man jemanden zum Energiser mitnimmt, dann würde ich sie mitnehmen. Ich hoffe, du verstehst, was ich meine.«

»Ah, okay«, sagte sie, und dann wiederholte sie, was ich gesagt hatte, als wäre es schwer verständlich. »Das Mädchen, für das du dich interessierst, heißt also Meg.«

Und ich antwortete: »Ja, genau.«

»Moment mal«, sagte sie dann. »Kann es sein, dass du eigentlich sagen willst, du hast kein Interesse an mir?«

»Stimmt«, sagte ich, weil die Menschen es meiner Meinung nach immer verdient haben, die Wahrheit zu erfahren. »Jedenfalls nicht auf die Art, Paloma. Aber ich kann dir versichern, dass außer mir alle Jungen in unserer Klasse sehr, sehr großes Interesse an dir haben, falls du das nicht schon längst weißt – das heißt, du hast immer noch eine große Auswahl, wenn du –«

»Du hast kein Interesse an mir?«, unterbrach sie

mich, und den Satz wiederholte sie noch ein paarmal, immer im genau gleichen Tonfall.

Nach diesem Gespräch war Paloma schnell wieder wie immer. Sie sagte, dass Meg wirklich etwas ganz Besonderes sein müsse, wenn jemand wie ich solche Gefühle für sie hegte. Meg habe großes Glück, sagte Paloma, und ich sagte Danke.

Sie fragte mich sogar nach Megs E-Mail-Adresse. Sie wollte ihr gern schreiben und sich ihr vorstellen, denn immerhin hatte sie ja ihr Haus gemietet und wohnte in ihrem Zimmer. Also schrieb ich Megs E-Mail-Adresse auf einen alten Zettel, rollte ihn zusammen und warf ihn hinüber zu Paloma, die ihn mit ihren langen Fingern auffing, ihn sofort aufrollte und die Adresse in ihr Handy eingab.

»Komm doch morgen mal vorbei, okay?«, sagte sie, ohne mich anzuschauen, und zog Megs Vorhänge zu. Und ich sagte, ja, das würde ich tun.

Als ich am nächsten Tag bei ihr klopfte, führte mich ihre Mutter in den Garten hinter dem Haus. Paloma stand am Zaun, in der Hand einen riesigen fächerartigen Schläger, mit dem sie so kräftig auf eine Matratze einschlug, dass riesige Staubwolken aufstiegen.

»Was tust du?«, fragte ich.

»Wonach … PENG! … sieht es … PENG! … deiner Meinung nach … PENG! … denn aus?«, erwiderte sie grimmig keuchend, weil sie sich so anstrengen musste.

»Sieht aus, als würdest du eine Matratze verprügeln.«

»Ich klopfe sie aus!«, korrigierte sie mich. »Etwas, was deine Superfreundin nie getan hat, glaube ich – die Matratze ist nämlich total versifft. Keine Ahnung, wie sie erwarten konnte, dass ich auf so was schlafe.«

»Also erstens, fürs Protokoll, ist sie nicht meine Superfreundin, und zweitens, ebenfalls fürs Protokoll, war unser Gespräch gestern streng vertraulich.«

Schweigend schlug Paloma weiter auf die Matratze ein.

»Was ist los, Paloma?«

»Warum denkst du, dass irgendwas los ist?«

»Keine Ahnung, aber du siehst ziemlich wütend aus – man bekommt fast Angst.«

Sie hörte auf zu schlagen und lächelte mich an.

»Vielleicht, weil ich es nicht gewohnt bin, dass man mir einen Korb gibt.« Sie lachte. Es war ein hohes, schrilles, zittriges Lachen, das gar nicht zu ihr passte. Ich wollte etwas sagen, aber sie legte mir den Finger an den Mund und flötete mit süßer Stimme: »Oscar, du brauchst gar nichts zu sagen, ich rede nur Quatsch.«

»Das weiß ich doch«, sagte ich. Aber die Art von Quatsch, die sie mir da vorsetzte, fand ich ganz schön unfreundlich. Wie wenn man in eine bittere Frucht beißt und merkt, dass innen drin Hunderte von winzigen Wahrheitskernchen stecken.

Paloma hatte in Megs Zimmer einen an mich adressierten Brief gefunden. Sie warf ihn in unseren Briefkasten, mit einem Zettel, auf dem stand:

Oscar!!
Den Brief habe ich gefunden. Ich habe ihn nicht gelesen oder irgendwas – ich leite ihn nur weiter!!
Bis bald!!!!!!
PalomaK xxx

Wie nett von ihr, dachte ich, während ich den Umschlag betrachtete. Man konnte sehen, dass er ein paarmal zugeklebt und dann wieder geöffnet worden war, denn er war zerknittert und sogar ein bisschen eingerissen, als hätte Meg es sich immer wieder anders überlegt und den Brief mindestens dreimal rausgeholt und dann wieder hineingesteckt.

Ich nahm den Umschlag mit hinauf in mein Zimmer, um ihn ungestört lesen zu können. Vorher blickte ich noch einmal hinüber zu Palomas Fenster. Dort leuchtete ein neues Licht, so hell, dass es einen blendete. Ich fühlte mich, als hätte ich in die Sonne geschaut.

Das siebte Stück

Wenn man in ein neues Land zieht, dehnt sich die Zeit irgendwie endlos, als wäre von jetzt an das ganze Leben anders und bestünde immer nur aus Abenteuern und Überraschungen. Die alltäglichen, sich wiederholenden Phasen des Lebens verschwinden aus der Erinnerung, als hätten sie nie stattgefunden. Eigentlich würde man erwarten, dass es genau umgekehrt ist – dass die uninteressanten Zeiträume nicht enden wollen und die schönen Erlebnisse blitzschnell vorbeifliegen, aber so funktioniert das nicht.

Nach unserer Ankunft war vom ersten Moment an praktisch alles frisch und überraschend – ein neues Abenteuer wartete hinter jeder sonnigen Ecke.

Ich lernte Wasserski fahren und auf diese spezielle Art schwimmen, die man beherrschen muss, wenn man in einem See schwimmt. Seeschwimmen fühlt sich an wie ein seidiges Gleiten. Man wird nicht vom Salz getragen – das heißt, man muss sich viel, viel mehr anstrengen, um oben zu bleiben. Mit dem Schwimmen in der Irischen See kann man es überhaupt nicht vergleichen – es ist etwas völlig anderes.

Ich gewöhnte mich an die Hitze und lernte viele Leute kennen. Und im Januar radelte ich fast jeden Tag nach der Schule mit meinen neuen Kiwi-Freunden zum See, um zu schwimmen.

Wenn in Irland jemand Mitte Januar im Freien schwimmen geht, grenzt das an Wahnsinn. In Neuseeland dagegen ist es eher so was wie ein Menschenrecht.

Die Häuser in Rotorua sind aus Holz. Nachts knarzen und ächzen sie, als wären sie lebendig. Die Schwäne auf dem Rotoiti-See in der Nähe haben keine leuchtend blauweißen Federn wie normale Schwäne. Sie sind schwarz und glänzen, und ihre Schnäbel sind blutrot. In Neuseeland fühlt sich der Boden unter den Füßen ganz komisch an, und man denkt, daran gewöhnt man sich nie: Er zittert, aber meistens scheint es sonst keiner zu merken. Manchmal kocht und brodelt er auch, und gelegentlich spuckt er sogar heißes Matschwasser in die Luft.

Wenn man aus einem verregneten, nassen, kühlen, bewölkten Land kommt, dann weiß man gar nicht, wie das ist, wenn einem jedes Mal, wenn man aus dem Hause tritt, heiße Luft entgegenschlägt, als würde man eine Backofentür aufklappen.

Aber mit der Zeit schloss ich diese seltsamen Dinge ins Herz, ich mochte die Unterschiede, und das Abenteuerliche daran gefiel mir. Ich fühlte mich superwohl, genau wie Oscar es vorhergesagt hatte.

Er hatte recht gehabt, wie so oft. Die Reise war ein Riesenerfolg. Jedenfalls am Anfang. Alles, was er prophezeit hatte, bewahrheitete sich mehr oder weniger. Wenn meine Gefühle für ihn an die Oberfläche kamen, was immer wieder der Fall war, dann stellte ich mir meine Matratze zu Hause in Irland vor und schob die Gedanken und Gefühle darunter, wie den Brief, den ich ihm geschrieben hatte. Und dann stürzte ich mich wieder in mein neuseeländisches Leben, sorglos, voller Mut und Enthusiasmus, wie jemand, der in ein unbekanntes Meer springt.

Mum und Dad staunten immer noch und waren froh, dass ich mich jetzt so anders verhielt – sie seien »begeistert«, sagten sie, weil ich mir solche Mühe gäbe.

Sie sagten, meine positive Einstellung verändere für sie alles.

Ich stellte fest, dass man sich gleichzeitig irgendwo total wohl fühlen und einen anderen Ort vermissen kann. Ich vermisste Irland. Und ich vermisste Oscar – man würde es kaum für möglich halten, dass man einen Menschen so sehr vermissen kann, ohne krank zu werden oder ständig traurig zu sein.

Ich träumte oft von ihm, und in meinen Träumen war er immer eingerahmt von seinem Fenster, baumelte mit den Beinen und lächelte sein zauberhaftes Lächeln.

Ich hatte ihn zu dem Versprechen gezwungen, mir Bescheid zu sagen, sobald es danach aussah, als könnte jemand in unser Haus ziehen. Aber auch wenn niemand einziehe, müsse er sich regelmäßig melden, bitte. Und das hatte er alles versprochen. Und ich meinerseits hatte ebenfalls versprochen, ihm immer zu schreiben. Und daran hielten wir uns auch – am Anfang.

An: Meg Molony
Von: Oscar Dunleavy
Betreff: Ein paar Dinge, die du nicht vergessen darfst

Ich wollt's dir vor deiner Abreise nicht sagen, aber jetzt siehst du das Abenteuer ja positiv, also schreibe ich dir ein paar nützliche Fakten, die du wissen solltest:
Nummer eins: In Neuseeland gibt es unangenehme, oft lebensbedrohliche Krankheiten, die durch Wasser übertragen werden, und viele von ihnen grassieren im ganzen Land. Also: kein Wasser trinken!

Nummer zwei: Die Neuseeländer sind draufgängerisch, ihre Lieblingssportarten sind Wildwasserkanu, Bungeespringen, Kricket und andere riskante Aktivitäten. Auch hier gilt: vermeiden!
Nummer drei: Das Wetter kann in Neuseeland sehr unberechenbar sein. Deshalb solltest du idealerweise keine Reisen unternehmen und so viel wie möglich im Haus bleiben. Wenn du gezwungenermaßen unterwegs sein musst, nimm am besten immer verschiedene Sachen mit, zum Beispiel Getränke, Sonnenschutzmittel, etwas zu essen, Proviant, warme Kleidung, ein Handy und nach Möglichkeit eine Leuchtpistole.
Nummer vier: Es gibt dort praktisch jede Minute ein Erdbeben. Deshalb musst du unbedingt lernen, welche Überlebensregeln im Fall des Falles einzuhalten sind.

An: Oscar Dunleavy
Von: Meg Molony
Betreff: Ein paar Dinge, die du nicht vergessen darfst

Seit wann bist du ein Gesundheits- und Sicherheitsexperte?
M Xox

An: Meg Molony
Von: Oscar Dunleavy
Betreff: Ein paar Dinge, die du nicht vergessen darfst

Meggy, bitte, nimm's ernst, man kann nicht vorsichtig genug sein.
O xx

Und nicht viel später fand ich diesen Eintrag von ihm in Facebook:

Oh, hallo, Meg! Ich schick dir das aus meinem Zimmer – gerade habe ich gesehen, wie in deinem Zimmer ein Licht angeht!
Ich sehe ein Mädchen mit langen Haaren in deinem Zimmer rumlaufen. Sie holt ganz langsam irgendwelche Sachen aus ihren Taschen und hängt sie auf oder verstaut sie in den Schubladen. Komisches Gefühl, dass das nicht du bist, Meggy. Ich wollte, du wärst es.
Xxx

Ich weiß genau, was du meinst!, lautete meine Antwort. Ich bemühte mich, den großen Tumult in meinem Inneren zu ignorieren.

Später schickte er mir mehr Einzelheiten:

Dachte, du willst sicher auf dem Laufenden bleiben, was die Mieter angeht. Sie sind nett und kümmern sich gut um euer Haus. Das freut dich doch, oder? Ja, das Mädchen, von dem ich dir neulich erzählt habe, wohnt jetzt in deinem Zimmer, aber mach dir keine Sorgen, sie ist echt nett. Und ordentlich. Es ist schön, wieder Nachbarn zu haben. Aber es wäre mir natürlich viel lieber, du wärst da.
Das Mädchen heißt Paloma. Paloma Killealy.

Ich weiß nicht, warum, aber ich schrieb ihm, ob er nicht ein Foto von ihr machen und es mir schicken könne.

Ich schicke dir ein besseres Foto, wenn ich mal näher dran bin. Erst mal musst du dich mit dem hier zufriedengeben. Hoffe, du cremst dich brav mit Sonnencreme ein und gehst den Skorpionen aus dem Weg.
Oscar xx

Ich klickte auf den Anhang; es war das Foto einer Schattenperson. Eigentlich konnte man nur die Umrisse erkennen, hinter meinen weißen Vorhängen. Die Person hatte den Kopf gesenkt, und es sah aus, als würde sie irgendeine unzuverlässige Lichtquelle tragen – eine Kerze vielleicht oder eine schlechte Taschenlampe. Das Licht warf merkwürdige Schatten in mein altes Zimmer, wodurch es ganz unbekannt aussah, und ich dachte gleich, ich hätte Oscar lieber nicht bitten sollen, ein Foto zu machen. Oder er hätte es mir lieber nicht schicken sollen.

Ziemlich bald danach schickte er mir, wie angekündigt, noch ein Foto. Es war nicht viel deutlicher als das erste, immer noch lag des Gesicht im Schatten, aber die Person saß auf meinem Fensterbrett, vorgebeugt auf eine Art, wie man sich nur vorbeugt, wenn man den Menschen, der das Foto macht, extrem gut kennt.

Nach einer Weile redete Oscar eigentlich nur noch über sie und über nichts anderes mehr.

Offensichtlich hatte er schon eine Unmenge Sachen über sie herausgefunden, zum Beispiel, dass sie in unsere Schule gehen würde und dass ihre Mutter Geschäftsfrau war und dass die Familie ein größeres Haus suchen wollte, während sie unseres mieteten, und dass dem Mädchen ein paar Sachen an unserem Haus nicht gefielen, zum Beispiel war es ihr viel zu klein; und die Rohre gluckerten, sobald man die Wasserhähne aufdrehte; der Heizungskeller roch furchtbar; die Dusche neben ihrem Zimmer war völlig unberechenbar, erst war das Wasser kochend heiß und im nächsten Moment eiskalt.

Sag ihr, dass die Dusche gar nicht unberechenbar

ist, schrieb ich als Antwort an Oscar. *Sag ihr, man muss sie nur erst richtig kennenlernen.*

Er versprach, den Hinweis weiterzuleiten, und dann redete er über die großen braunen Augen des Mädchens und ihre goldblonden Haare.

Goldblond?

Ich hatte die beiden Fotos, die Oscar mir geschickt hatte, intensiv studiert, und nach allem, was ich sehen konnte, waren ihre Haare überhaupt nicht goldblond. Sie sahen ganz normal aus – Haare, wie jeder sie haben könnte. Nichts Besonderes.

Ich gab mir die größte Mühe, mich für Oscar zu freuen. Als ich meiner Mutter erzählte, dass er das Mädchen, das jetzt in meinem Zimmer wohnte, näher kennengelernt habe, fragte sie mich, wie ich das fände und ob ich darüber reden wolle.

»Wie meinst du das?«, fragte ich sie. Zum ersten Mal seit einer halben Ewigkeit ärgerte ich mich über meine Mutter, und sie sagte: »Es ist vielleicht schwer für dich, wenn du hörst, dass jemand in deinem Bett schläft und Zeit mit Oscar verbringt.«

»Keine Ahnung, was du damit sagen willst«, erwiderte ich, knallte meinen Laptop zu und ging zur Tür. »Außerdem bist du doch diejenige, die beschlossen hat, unser Haus zu vermieten. Mir hat die

Idee nie besonders gut gefallen, und jetzt ist sowieso alles egal. Es interessiert mich überhaupt nicht – ich habe hier jede Menge Freunde. Ich bin nicht auf Oscar angewiesen.«

»Das habe ich auch nicht behauptet, ich wollte nur –«

»Mum, ehrlich, alles ist okay. Ich meine – Oscar kann rumhängen, mit wem er will. Wieso sollte ich ihn daran hindern? Im Grunde bin ich froh. Ich freue mich sogar für ihn. Ich habe mir schon Sorgen gemacht, wie das im Winter für ihn wird, was er dann macht. Und jetzt – bingo! –, jetzt hat er eine neue Freundin, und alles ist super. Ich freue mich echt für ihn, okay?«

Dann sagte ich noch, dass ich mit ein paar von meinen eigenen neuen Freunden am See verabredet war und dass wir vielleicht sogar Wasserski fahren wollten.

Und das taten wir auch. Danach redete ich ewig mit Keira und Dougie und noch ein paar anderen, und ich erzählte ihnen von diesem Mädchen und fragte mich laut, ob Paloma Killooly, oder wie sie hieß, also ob diese Paloma Wasserski fahren oder surfen konnte und ob sie schon mal in einem See geschwommen war, in dem schwarze Schwäne an ihr vorbeiglitten und wo vom klaren, blassen Horizont riesige Bergfelsen auf sie herunterblickten.

Wir saßen an einem Picknicktisch, und ich zupfte an meinen roten Haaren, drehte eine Strähne zwischen den Fingern und fragte mich, wie ich aussehen würde, wenn ich eine andere Haarfarbe hätte – Schwanenschwarz zum Beispiel oder Goldblond.

»Ich mache hier so viele interessante Sachen, die diese Paloma garantiert noch nie gemacht hat«, verkündete ich allen. Ich wusste selbst nicht recht, warum, und die anderen wussten es auch nicht.

»Hey, Meggy, mach dir keinen Stress«, sagte Doug. »In ein paar Monaten fliegst du wieder nach Hause, dann hast du dein Zimmer wieder, und du und Oscar, ihr könnt da weitermachen, wo ihr aufgehört habt.«

An diese Worte musste ich später oft denken, und manchmal trafen sie mich genau zwischen die Augen, als hätte mir jemand einen großen Stein direkt ins Gesicht geworfen.

An: Meg Molony

Von: PalomaK

Betreff: Hallllloooo!!! Aus DEINEM ZIMMER!!!!!

Liebe Meg Molony!!

Oscar Dunleavy hat mir deine E-Mail-Adresse gegeben, und jetzt schreibe ich dir – hoffentlich ist das okay!!

Du weißt wahrscheinlich schon, dass meine Mutter und ich euer Haus gemietet haben! Und ich wohne in deinem Zimmer!! Da habe ich gedacht, es wäre doch schön, wenn ich dir kurz schreibe und mich vorstelle. Wir sind nämlich in derselben Klasse, wenn du zurückkommst!!!! Hoffentlich gefällt dir Neuseeland!!! Habe mich RICHTIG SUPER angefreundet mit Oscar!!! Ist das nicht toll? Er ist phantastisch!! Ich freue mich schon total darauf, dich kennenzulernen, wenn du wieder da bist!!

PalomaK

PS: Bitte, bitte, bitte – sag mir, wie das mit deiner Dusche funktioniert. Ich kapier's einfach nicht.

Sie klang okay, das musste ich zugeben. Es war echt eine nette Mail – abgesehen von den tausend Ausrufezeichen gab's nichts dagegen einzuwenden. Sie war nett, und Oscar wies mich ja immer wieder darauf hin, dass die meisten Leute im Grunde ihres Herzens gut und anständig sind und dass es sich nicht lohnt, schlecht über sie zu denken. Und warum sollte sie sich nicht mit Oscar anfreunden? Alle wollten mit ihm befreundet sein. In unserer Schule gab es keinen, der nicht gern mit ihm rumhing – jeder mochte ihn. So war er eben.

Ich schrieb zurück, dass es meganett sei, von

ihr zu hören, und dass ich mich auch schon darauf freue, sie kennenzulernen.

Am nächsten Morgen erwartete mich wieder eine Mail von ihr:

An: Meg Molony
Von: PalomaK
Betreff: Übrigens ...

Ich habe heute deine Matratze runtergenommen, und rate mal, was ich gefunden habe? Jawohl! Einen Brief an Oscar!! Wie ist der Brief da hingekommen?!! Jedenfalls habe ich ihn nebenan in den Briefkasten gesteckt, okay? Du brauchst dich nicht zu bedanken – so was machen Zimmerkolleginnen füreinander!!! Schreib mir! Wir könnten doch Brieffreundinnen sein! Wäre das nicht lustig?
Px

Eine riesige Hitzewelle schwappte über mich weg, gefolgt von dem Gefühl, mir würde jemand einen Dolch aus Eis in den Magen rammen. Verdammter Mist. Verzweifelt versuchte ich, mich an den genauen Wortlaut des Briefs zu erinnern, aber das konnte ich nicht, ich wusste nur noch, dass es eindeutig eine Liebeserklärung gewesen war. Und jetzt las Oscar diesen Brief – wenn er ihn nicht schon gelesen hatte.

Es war nicht Palomas Schuld. Sie wollte nur helfen. Ihr konnte man keinen Vorwurf machen.

Mir war schwindelig und ein bisschen übel. Vielleicht habe ich ja noch Zeit, dachte ich kurz, während das Bild von Oscar, wie er meinen geheimen Brief las, immer deutlicher wurde und immer demütigender.

Ich schaute nach, wann Paloma mir geschrieben hatte, und eine schöne und tröstliche Sekunde lang hoffte ich, dass ich vielleicht alles rückgängig machen könnte und Paloma dazu bringen, den Brief wieder aus dem Kasten zu angeln, ehe Oscar ihn herausholte. Aber das war natürlich aussichtslos. Ich hatte die Mail zu spät gelesen. Er hatte meinen Brief längst bekommen, er wusste, was darin stand, und es war zu spät, etwas zu unternehmen. Ich konnte nur hier sitzen, auf meinen Bildschirm starren und überlegen, welche Maßnahmen ich als Nächstes ergreifen musste, um den Schaden zu begrenzen.

Das achte Stück

Nachdem ich den Brief gelesen hatte, wünschte ich mir, ich hätte es nicht getan.

Lieber Oscar,
für den Fall, dass du irgendwie denkst, du und ich, wir könnten jemals ein Paar werden, es ist vielleicht hilfreich, wenn du weißt, dass das nie passieren wird. Ich habe kein Interesse, und am besten gewöhnst du dich ganz schnell an den Gedanken. Wahrscheinlich musst du dich jetzt einfach weiterentwickeln. Hör auf, dich nur auf eine einzige Person zu konzentrieren, und sieh dich anderweitig nach Möglichkeiten um. Ich finde es total okay, mit dir befreundet zu sein und alles. Sag mir Bescheid, falls ich irgendwelche Theorien aufstelle, die gar nicht stimmen. Kann ja sein, dass ich falschliege. Ich dachte nur, ich muss dir reinen Wein einschenken, damit du dein Leben weiterleben kannst und ich meines. Eigentlich will ich vor allem eines sagen: Du musst durchstarten und losfliegen.
Adios, Meg

Starr und verkrampft lag ich auf meinem Bett, während mir tausend trostlose Gedanken durch den Kopf jagten. Und dann hörte ich ein Geräusch. Es war Paloma, die kleine Gipsstückchen – von dem Gips, den sie auf Megs Fenstersims gefunden hatte – an mein Fenster warf. Sie fragte nach dem Brief. Ich hatte nicht die geringste Lust, mit ihr darüber zu reden, aber Paloma hatte so eine Art, mir ganz langsam zuzublinzeln – und schon wollte ich ihr alle meine Geheimnisse anvertrauen. Ehe ich mich's versah, erzählte ich ihr, dass Meg nicht das geringste Interesse an ... na ja ... an mir hatte. Paloma hörte aufmerksam zu, nickte immer wieder mit dem Kopf und machte »Hm, hm, verstehe«. Sie könne mir einen Rat geben, sagte sie: Die einzige Art, auf so einen Brief zu reagieren, sei, ihn zu ignorieren. Ich müsse so tun, als wäre das, was darin stand, mir völlig egal – als wäre es ohne jede Bedeutung für mich.

»Oscar, du musst ihr zu verstehen geben, dass der Brief so unwichtig ist, dass du ihn quasi schon vergessen hast. Das ist die beste Methode.«

Ich glaubte Paloma, dass sie sich echt Mühe gab, verständnisvoll und ehrlich und hilfsbereit zu sein, und ich wollte ihren Rat gern annehmen.

»Ich würde sagen, am besten denkst du gar nicht mehr an dieses Mädchen. Sie klingt nicht besonders nett«, fügte Paloma dann noch hinzu. Das war ihre Meinung und wahrscheinlich gar nicht so falsch, wenn man fähig ist, an eine bestimmte Situation logisch ranzugehen. Aber das, was ich für Meg empfand, spielte sich nicht im logisch denkenden, rationalen Teil meines Gehirns ab, ja es existierte dort gar nicht. Genauso gut hätte Paloma zu meinem Herzen sagen können, es solle aufhören zu schlagen, oder zu meinem Blut, es solle aufhören, durch meine Adern zu fließen.

Nachdem Paloma Gute Nacht gesagt hatte, erschien in meiner Mailbox mit einem *Pling!* eine E-Mail:

An: Oscar Dunleavy
Von: Meg Molony
Betreff: Brief ein Versehen – bitte nicht beachten

Oscar, es tut mir schrecklich leid, aber Paloma hat mir geschrieben, dass sie dir einen Brief von mir gegeben hat, und ja, der Brief ist von mir, aber du hättest ihn gar nicht bekommen sollen, weißt du, ich habe das, was ich geschrieben habe, eigentlich nicht so gemeint – ich habe nicht richtig überlegt. Keine Ahnung, was mich da gepackt hat, und im Grunde wollte ich ihn nicht schreiben und schon gar nicht dir geben. Der Brief ist nur so eine Art hypothetisches Gekritzel – eigentlich stimmt das alles nicht.
Bitte, bitte, ignoriere ihn. Kannst du so tun, als hätte ich den Brief nie geschrieben und als hättest du ihn nie gelesen? Hoffentlich bist du einverstanden. Sag mir

Bescheid, wenn du diese Mail bekommen hast, dann können wir die ganze Sache vergessen.
Meg

Von: Oscar Dunleavy
An: Meg Molony
Betreff: Brief ein Versehen – bitte nicht beachten

Meg, ich war ganz erleichtert, als ich deine Mail gelesen habe. Und ich bin total damit einverstanden, dass wir den Brief vergessen. Ehrlich gesagt, war ich ziemlich verwirrt, als ich ihn gelesen habe, und es leuchtet mir total ein, dass du eigentlich gar nicht wolltest, dass ich ihn lese. Am besten vergessen wir ihn einfach, genau wie du vorschlägst. Mir ist das sehr recht, wenn es dir auch recht ist, und ich finde, es ist wirklich das Beste.
Ach übrigens – Meg, falls ich bei dir je den falschen Eindruck erweckt habe – du weißt schon – falls ich in der Vergangenheit irgendwelche Andeutungen gemacht habe, uns betreffend –, vergiss die am besten auch gleich mit, weil ich sie nicht ernst gemeint habe. Ich wollte dir keine falschen Botschaften schicken. Okay? Falls ich dir irgendwie Anlass gegeben habe zu denken, dass ich in einer bestimmten Art über dich denke, dann möchte ich mich dafür entschuldigen. Ich habe es nie

absichtlich darauf angelegt, den Eindruck zu erwecken.
Aber Freunde können wir trotzdem bleiben – denn das sind wir doch, oder?

Vielen Dank.

Oscar

Das neunte Stück

Wenn man einen Brief einmal gelesen hat, kann man ihn nicht mehr ungelesen machen. Vielleicht hätte es mich beruhigen sollen, dass Oscar mit meinem Vorschlag einverstanden war und genau wie ich die ganze Sache vergessen wollte. Aber es beruhigte mich überhaupt nicht. Ich saß da, mit gebrochenem Herzen, ich fühlte mich zurückgewiesen und gedemütigt. Ich hatte ihn doch gebeten, die Dinge zu vergessen, die ich ihm über meine Gefühle geschrieben hatte. Warum kam es mir dann so vor, als hätte ich gerade eine Ohrfeige bekommen? Mein Geheimnis war kein Geheimnis mehr. Und seine Gefühle für mich – oder sollte ich sagen: seine Nicht-Gefühle – waren total eindeutig. Wahrscheinlich sollte ich froh sein, dass ich zuerst vorgeschlagen hatte, alles zu vergessen – die Dinge, die ich nie hatte sagen wollen, in dem Brief, den ich nie hatte abschicken wollen. Aber ich war überhaupt nicht froh. Sondern genau das Gegenteil von froh – was immer das ist.

Von da an lief irgendetwas falsch zwischen Oscar

und mir. Unsere Freundschaft geriet so aus dem Lot, dass ich nicht mehr fähig war, sie zurechtzubiegen. Sie wurde nie wieder wie vorher.

Meg,

phantastische Neuigkeiten! Ich lerne Paloma immer besser kennen, und das ist super! Wir haben vieles gemeinsam und tausend Themen, über die wir reden können, wir sitzen im Fenster, so wie du und ich früher, und das Leben ist nicht annähernd so langweilig, wie ich befürchtet hatte. Ich halte dich auf dem Laufenden.

Liebe Grüße von deinem Freund
Oscar

Ich wusste, was das hieß.

Ich wünschte mir, ich hätte nie diese Gefühle gehabt. Oder sie wenigstens nicht aufgeschrieben und dann unter meiner Matratze versteckt, wo Paloma sie gefunden und in seinen Briefkasten geworfen hatte. Doch nun war es zu spät.

Ich versuchte, ihn zu vergessen, aber ich kann nicht behaupten, dass es mir leichtfiel. Ich wurde ihn nicht los. Er war immer da, und tausend Kleinigkeiten, die er irgendwann gesagt hatte, hallten in meinem Kopf wider wie ein Echo. Ich träumte von seinem Gesicht und von seinen lustigen Ideen, ich sah sein Fahrrad vor mir, wie es im Mondlicht schimmerte – und manchmal konnte ich im Schlaf seinen Apfelkuchen riechen, aber wenn ich aufwachte, war der Duft immer verschwunden.

Und meine Eltern redeten ständig darüber, wie großartig ich hier in Neuseeland zurechtkam. Sie sagten oft – zu jedem, der es hören wollte –, wie gut sie es fanden, dass ich nicht fünfzigmal am Tag bei Facebook checkte, was die ganzen Leute in Irland so machten, und dass ich nicht einmal Oscar dauernd mailen musste. Um eins klarzustellen: Genau das stellte sich als der größte Fehler meines Lebens heraus.

Ich hätte nie gedacht, dass ich den Kontakt zu ihm verlieren könnte – bis es so weit war. Ich glaubte, ich hätte meine Gründe. Aber wie sich zeigte, waren es keine guten Gründe. Wie sich zeigte, sollte man zu den Menschen, die einem wichtig sind, nie den Kontakt verlieren. Dafür gibt es keine Entschuldigung.

Das zehnte Stück

Sie hörte auf, mir Mails zu schreiben, und ich konnte sie nicht mehr erreichen. Aber genau zu der Zeit hätte ich dringend mit ihr reden müssen, weil so viel passierte. Die alte Meg wäre da eine riesige Hilfe gewesen. Die alte Meg hätte mir geholfen, alles besser zu verstehen, und vielleicht wäre dadurch die ganze Lage besser geworden. Aber die Wochen vergingen, und ich fragte mich schon, ob die alte Meg je wiederkommen würde. Ich bekam sogar schon Zweifel, ob sie überhaupt noch existierte. Anfangs hatte ich jeden Tag von ihr gehört. Und jetzt war seit über einem Monat keine einzige Mail mehr von ihr gekommen.

Irgendwie war ich immer davon ausgegangen, dass Meg für mich da sein würde. Wie dumm von mir. Ich hatte angenommen, dass sie und mich eine ziemlich gute Zukunft erwartete, wenn sie wieder nach Hause kam. Und als mir klar wurde, dass ich mich getäuscht hatte und dass dieser Gedanke ein lächerlicher, peinlicher, beschämender Irrtum gewesen war ... da wechselte die Welt von Bunt zu Schwarzweiß, der Zauber verflog, und das Einzige, was mir noch übrigblieb, war, meinen ganzen Stolz zu mobilisieren und so zu tun, als hätte diese Hoffnung nie existiert. Ich tat so, als wäre ich weder verstört noch niedergeschlagen. Als wäre mir alles egal.

Nach dem Brief war nichts mehr wie früher. Wie konnte jemand so etwas ignorieren? Vielleicht schafften das andere Leute – ich nicht. Ich habe es echt versucht, aber der Brief wirkte sich irgendwie auf alles und jedes aus.

Dabei gab es in meinem Leben auch andere Aspekte: Paloma zum Beispiel. Sie war toll, und wir waren gute Freunde. Jedenfalls dachte ich das. Sie war manchmal schwer zu verstehen, und es gab immer wieder Situationen, in denen ich keine Ahnung hatte, was ich von ihr halten sollte. Oft holte ich sie vor dem Unterricht ab, und allem Anschein nach gefiel es ihr, neben mir zu radeln und über alles Mögliche zu quatschen – bis wir in die Nähe der Schule kamen. Dann verschwand sie immer irgendwie. Und meistens schaffte ich es nicht, im Laufe des Tages irgendwie Kontakt mit ihr aufzunehmen.

Ich sah sie oft auf dem Schulhof mit Andy Fewer und Greg Delaney herumstehen, die bisher meine besten Freunde gewesen waren. Ich winkte Paloma zu, und wenn sie das merkte oder wenn ich auf sie zukam, verzog sie das Gesicht zu einem komisch schiefen Lächeln, dann fing sie an zu lachen, und alle drei entfernten sich in verschiedene Richtungen. Und ich winkte ins Leere und kam mir extrem blöd vor.

Sie hatte viele Freundschaften geschlossen seit ihrer Ankunft, und sie unterhielt sich immer gern einzeln mit den Leuten. Was sie sagte, schien meistens sehr lustig zu sein, denn die Leute lachten oft wie irre, nachdem sie ihnen etwas ins Ohr geflüstert hatte.

Mein Apfelkuchen hat bei meinem Vater irgendwie noch nie funktioniert, und es ist nicht so, als hätte ich es nicht versucht. Aber egal, wie oft ich ihn dazu brachte, doch mal ein, zwei Stücke zu essen – der Kuchen schien nichts zu bewirken. Ich fand mich also damit ab, dass manche Leute einfach immun waren. Da konnte man nichts machen.

Aber eines Abends schauten wir drei, Dad, Stevie und ich, uns eine Sendung im Fernsehen an. Darin ging es um einen berühmten Bäcker, nicht viel älter als ich, der vorführte, wie man Kuchen macht – ausgerechnet Apfelkuchen, und er war ganz ähnlich wie meiner. Mein Dad richtete sich kerzengerade auf, zeigte auf den Fernseher, schaute mich an und lächelte.

Ich hatte ihn schon ewig nicht mehr lächeln sehen. Er sagte, mein Apfelkuchen sehe viel schöner aus als der im Fernsehen und er würde wetten, dass der Kuchen in der Sendung nicht halb so gut schmecke wie meiner.

Als er in die Küche ging, um sich eine Tasse Tee zu holen, flüsterte Stevie mir zu, das sei ein Zeichen. Uns kam es vor, als hätte Dad zum ersten Mal seit Wochen etwas gesagt.

Stevie half immer gerne mit – er siebte das Mehl in unsere große Glasschüssel, an dem niedrigen Tisch, den ich extra für ihn hingestellt hatte. An diesem Abend machte ich vier Kuchen.

Dad sagte, es wäre übertrieben, wenn wir alle vier für uns behalten würden. Ich könne doch zwei Kuchen morgen früh in die Schule mitnehmen. Stevie fand die Idee auch genial.

Ich war mir da nicht so sicher. Bisher hatte ich darauf geachtet, dass meine Kuchenbegabung in der Schule nicht bekannt wurde. Bei solchen Sachen muss man vorsichtig sein. Die Schule ist nicht unbedingt der richtig Ort, um mit ungewöhnlichen Dingen anzugeben – das weiß eigentlich jeder.

Deshalb beschloss ich, vorsichtshalber Paloma zu fragen, bevor ich eine Entscheidung traf.

Zum Glück saß sie an dem Abend in Megs Fenster und bürstete sich die Haare. Als sie mich sah, lächelte sie und wollte wissen, was so lecker riecht. Ich dachte, jetzt ist der Moment gekommen, um ihr von meiner Spezialbegabung zu erzählen. Sie reagierte supernett und sagte. »Wow, das ist ja cool!«

Ich fragte sie, ob ihrer Meinung nach die Leute in der Schule selbstgebackenen Apfelkuchen gut finden würden. Sie lächelte und sagte: »Ja, natürlich!« Es sei doch was ganz Besonderes, dass ein Junge in meinem Alter so was könne. Ich sagte, irgendwie hätte ich Angst, dass die anderen es ein bisschen »abwegig« finden könnten, aber sie sagte: »Überhaupt nicht. Warum denn? Bring den Kuchen auf jeden Fall mit, Oscar – bestimmt sind alle total beeindruckt.«

Und ihre goldenen Haare schimmerten im Sternenlicht.

Paloma hatte recht. Eine positivere Reaktion hätte ich mir gar nicht wünschen können! Mr O'Leary nahm einen Kuchen mit ins Lehrerzimmer, und den anderen stellte ich auf den Tisch vorne in der Klasse.

Als Mr O'Leary hereinkam, sagte er, dass er etwas anzukündigen habe: »Alle mal herhören! Ich glaube, wir haben unseren Kandidaten für den Talentwettbewerb gefunden!«

Der Talentwettbewerb ist ein nationales Ereignis – die Schulen können irgendjemanden mit irgendeinem Talent auswählen, ganz nach Belieben. Bald hatten die meisten Schüler in der Klasse ein Stück gegessen. Sie klatschten und sagten Sachen wie »Super, Oscar!«, und sie sagten, mit dem Projekt werde unsere Schule garantiert gewinnen. Und das wäre großartig, denn der Preis war: ein iPad für jeden. Es war also ganz schön aufregend, und am Anfang war ich stolz bei dem Gedanken, dass ich die Schule vertreten sollte, indem ich etwas machte, was ich gern tat. Ich wusste, ich hatte da ein Talent, hätte aber nie erwartet, irgendjemand könnte auf die Idee kommen, dass ich damit bei einem Wettbewerb die Schule vertrete.

Paloma schien sich nicht so zu freuen, wie ich erwartet hatte. Irgendwie war sie sauer. Sie verstand nicht, warum alle so ein Tamtam machten.

»Aber du hast doch selbst gesagt, dass alle meine Kuchen bestimmt toll finden«, sagte ich.

»Ja klar, und ich hatte recht, stimmt's?«, erwiderte sie, machte aber kein besonders zufriedenes Gesicht.

Niemand musste an dem Tag nachsitzen, und wir bekamen auch keine Hausaufgaben. Die Lehrer sahen die ganze Zeit so aus, als hätten sie echt Spaß am Unterricht.

Es passierten auch sonst noch ein paar tolle Sachen, zum Beispiel kam unser Hockey-Team zum ersten Mal seit 1973 ins Halbfinale der Regionalliga. Und der

Schulchor sang das *Ave Maria* so wunderschön, dass Mrs Stockett in Tränen ausbrach. Vor lauter Glück, sagte sie. Und weil sie so stolz war.

»Heute ist alles wie verzaubert, Oscar!«, sagte Mr O'Leary, als ich nach Hause wollte. Aber es hatte nichts mit Zauber zu tun, fand ich. Die Leute waren einfach alle nett zueinander und gaben ihr Bestes. Insgeheim vermutete ich, dass mein Apfelkuchen wieder einmal seinen Zweck erfüllt hatte. Im Grunde hätte ich mich darüber freuen müssen. Doch als ich nach Hause kam, war mein Vater genauso stumm wie immer und sah genauso traurig aus wie immer. Und als ich die Augen schloss, sah ich Megs Gesicht vor mir, und in meinem Kopf hörte ich ihre Stimme. Ich wollte mich mehr denn je an ihr festhalten. Und ausgerechnet jetzt schien sie mir zu entgleiten.

Hey, Meggy,

was ist los? Wieso meldest du dich nie? Hier läuft alles bestens, aber ich würde so gern von dir hören. Wie sind deine neuen Freunde?
Es gibt Neuigkeiten, die dir bestimmt gefallen: Ich bin für den großen Talentwettbewerb ausgewählt worden. Ich, Oscar Dunleavy, werde unsere Schule vertreten.
Paloma sagt, andere Leute wären auch gern ausgewählt worden und ich sollte mich freuen. Sie hat sogar gesagt,

sie hätte den Wettbewerb gern dafür genutzt, um ihre Mode-Designs vorzuführen. Angeblich entwirft sie ganz tolle Kleider. Sie denkt, wenn sie mich nicht dazu aufgefordert hätte, meinen Apfelkuchen mit in die Schule zu nehmen, dann hätten vielleicht auch andere Talente eine Chance gehabt. Sie meint, ich hätte echt wahnsinnig Glück gehabt, deshalb sollte ich ihr dankbar sein. Was ich auch bin.

Aber sie sagt, jetzt macht es ihr überhaupt nichts mehr aus. Sie hofft sogar, dass ich gewinne. Ich verdiene genau das, was Leute mit meiner Begabung verdienen, und sie muss zugeben, dass mein Kuchen wirklich gut schmeckt.

Sie will mich beim Probelauf vor unserer ganzen Klasse unterstützen. Damit ich alles genau richtig mache. Stundenlang redet sie mit mir darüber. Andy und Greg haben im Sommer iMovie gelernt, und sie wollen ein großes Interview mit mir machen, vor allen Leuten, das heißt, demnächst bin ich garantiert ein Internet-Superstar – haha.

Oscar xx

Paloma war echt beeindruckt von meinem Kuchen, und das freute mich. Aber dass ich »einfach so« für den Talentwettbewerb ausgesucht worden war, passte ihr eigentlich nicht. Und als sie mir erklärte, warum es ihr nicht passte, fand ich, dass sie gute Argumente hatte. Sie schnippte mit ihren langen, schmalen, lackierten Fingern, *schnipp*, um zu demonstrieren, wie schnell und beliebig die Entscheidung getroffen worden war.

»Eigentlich hätte man nicht einfach so jemanden bestimmen dürfen, ohne anderen Leuten eine Chance zu geben – stimmt's? Jeder hätte die Möglichkeit haben müssen, vorzuführen, was er oder sie kann, ehe der Sieger ausgewählt wird, stimmt's?«

Mr O'Leary blieb stur.

»Bitte, Paloma, das reicht«, sagte er. »Wir brauchen doch keinen Konkurrenzkampf. Wir wissen, wen wir aus der Klasse vorschlagen wollen. Oscar. Oscar Dunleavy und seine wunderbaren Apfelkuchen, mit den wunderschönen Motiven – diese Kuchen sind phantastisch.«

»Bis jetzt hat noch niemand einen Talentwettbewerb mit *Essen* gewonnen«, wandte sie ein.

»Doch«, meldete sich Alison Carthy. »Bei *Britain's Got Talent* hat ein Typ es mit Toast-Kunst bis in die Liveshows geschafft.«

»Ja super, aber das ist doch lächerlich – wie das schon klingt! Apfelkuchen ist genauso albern, und unsere Klasse macht sich zur Lachnummer der ganzen Schule. Wenn Oscar durchkommt, lacht sich die ganze Welt über uns kaputt. Es ist nicht fair. In unserer Klasse gibt es noch andere Leute, die etwas können. Wir sollten wenigstens die Chance haben, es zu zeigen.«

Später am Fenster sagte Paloma, sie hoffe, ich würde verstehen, wie sie das meint: Sie wollte mein Talent nicht herabsetzen, und es ging alles sowieso nicht gegen mich persönlich.

»Nimm's mir nicht übel«, fügte sie noch hinzu. »Ich bin hundertpro auf deiner Seite. Dein Talent ist super. Ich finde nur, jemand muss für die Demokratie und für die Redefreiheit eintreten. Und dafür, dass alle fair behandelt werden.«

Für diese Werte muss man kämpfen, das fand ich auch, als ich später in aller Ruhe darüber nachdachte.

Das elfte Stück

Er hatte mir versprochen, dass alles gleich bleiben würde. Ich weiß es noch genau. Er saß in seinem Fenster und schaute mir direkt in die Augen, und ich stellte mir vor, dass er dort auf mich warten würde. Aber Oscar hatte mich angelogen. Das wusste ich jetzt, weil sich alles radikal veränderte.

Jemand war dabei, mich von meinem Platz zu verdrängen. Jemand wohnte in meinem Zimmer, schaute zu meinem Fenster hinaus, unterhielt sich stundenlang mit Oscar, half ihm beim regionalen Talentwettbewerb und redete mit ihm über Apfelkuchen und Wettkämpfe und was weiß ich noch alles – genau dort, wo ich früher gewesen war.

Ich wollte nicht mit ihm reden. Ich wollte ihm auch keine Mails schreiben und erzählen, was es hier Neues gab. Ich wollte ihn bestrafen, weil er mit jemandem Freundschaft geschlossen hatte. Daran kann man sehen, was für ein schlechter Mensch ich bin. Wie konnte ich ihm deswegen Vorwürfe machen? Oscar war der netteste Junge, den ich kannte.

Für ihn war es total natürlich, Freundschaften zu schließen, vor allem mit neuen Leuten, die sich in der Schule und auch außerhalb der Schule nicht auskannten. Wie jeder weiß, sind Neulinge verletzlich, und man muss sie gut behandeln.

Meine Eifersucht war falsch. Aber das, was da Tausende von Meilen entfernt passierte, war schmerzlich für mich und ging tief. Mein Herz verhärtete sich, und ich wandte mich von Oscar ab, was ich, wie gesagt, nie für möglich gehalten hätte. Ich hätte nicht gedacht, dass ich so was tun könnte – bis ich es tat.

Oscar ließ sich durch meinen Kommunikationsstreik nicht vergraulen. Er schrieb weiter. Aber ich wusste trotzdem Bescheid. Ich wusste, dass sich alles verändert hatte, und von nun an las ich aus den Mails überall sein Pflichtgefühl heraus – und das tat mir ebenfalls weh. Er schrieb mir nicht, weil er schreiben wollte. Jedenfalls dachte ich das. Er schrieb mir, weil er sich verpflichtet fühlte – schließlich war ich weit fort, und er hatte es mir versprochen.

Oscar, dachte ich verbittert. *Ich brauche diese Pflichtmails nicht. Ich werde dir zeigen, wie sehr ich dich nicht brauche. Wart's nur ab, du wirst schon sehen, wie gut ich ohne dich zurechtkomme.*

Von: Oscar Dunleavy
An: Meg Molony
Betreff: Talentwettbewerb eine Katastrophe

Ich weiß nicht, was passiert ist, aber auf einmal sind alle gegen meinen Apfelkuchen. Vielleicht kannst du mir auf die Sprünge helfen, warum.
Was ist passiert? Du erfährst es sowieso früher oder später. Ich sollte vor der Klasse üben, und das war so eine oberpeinliche Angelegenheit, dass ich ernsthaft überlege, ob ich überhaupt beim Wettbewerb mitmachen soll.
Zum Glück hat Paloma in letzter Zeit ganz viele Kleider entworfen, und sie sagt, dass sie bereit ist, für mich einzuspringen, falls ich einen Rückzieher mache.
Das ist vielleicht die perfekte Lösung, weil ich ja nicht die Schule im Stich lassen will. Ich glaube, das wäre überhaupt das Beste. Keine Ahnung, warum die anderen ihre Meinung geändert haben. Aber so wie's aussieht, denken ganz viele inzwischen, dass kein Mensch zuschauen will, wie ein Schüler Apfelkuchen backt. Es würde komisch aussehen, sagen sie. Was meinst du?
Paloma ist super. Sie sagt, vielleicht könnte ich versuchen, ein anderes Talent zu entwickeln, das mehr Leute gut finden.
Ich wollte, du würdest mir schreiben und mir erzählen,

wie's dir geht. Es wäre so schön, wenn ich von dir hören würde. Irgendwie ist es schon ziemlich lang her, seit … du weißt schon … seit du mir das letzte Mal geschrieben hast.

Dein Freund
Oscar

Ich musste dauernd an den Brief denken, an diesen Brief, den er nie hätte bekommen sollen. Es war mir megapeinlich, dass er ihn gelesen hatte. Noch viel schlimmer war allerdings, dass er so entsetzt gewesen war bei dem Gedanken, dass ich in ihn verliebt sein könnte.

Ich durfte ihm keine Vorwürfe machen, weil er nicht das Gleiche empfand wie ich. Natürlich nicht. Jedenfalls nicht, wenn man logisch dachte. Man kann Leute nicht zwingen, Gefühle zu haben, die sie nicht haben, oder Dinge zu sagen, die sie nicht denken. Aber obwohl es unsinnig war, auf ihn sauer zu sein, und obwohl ich mir größte Mühe gab, nicht sauer auf ihn zu sein, war ich es trotzdem, und es kam Folgendes dabei heraus, als ich mich endlich hinsetzte, um ihm zu antworten:

Von: Meg Molony
An: Oscar Dunleavy
Betreff: Alles gut, besten Dank

Hallo, Oscar, sorry, dass ich mich so lange nicht gemeldet habe. Hoffe, alles ist in Ordnung und du und deine Nachbarin habt weiterhin Spaß miteinander. Mir geht es hier echt phantastisch, danke. Du würdest es nicht glauben, wenn du sehen könntest, wie viele neue Freunde ich schon habe. Die sind alle supernett. Wir lachen praktisch pausenlos. Nach der Schule gehen wir jeden Tag an den See, fahren Wasserski, grillen oder machen irgendwas, worauf wir gerade Lust haben. Extrem cool. Und außerdem ist das hier so klasse mit dem Klima und dem Wetter und allem. Wie ist der irische Winter dieses Jahr? Hoffentlich nicht zu kalt und verregnet und alles. Und wenn ich schon dabei bin, dir zu berichten, wie gut es mir geht, muss ich gleich hinzufügen, dass ich immer wahnsinnig viel vorhabe. Ich glaube, ich kann dir nicht mehr so oft schreiben wie bisher. Und ich erwarte es auch umgekehrt nicht von dir. Vielleicht ist es Zeit, dass wir beide in unserer eigenen Welt leben.
Also, was ich eigentlich sagen will: Du sollst dich auf keinen Fall verpflichtet fühlen, mir zu schreiben, okay? Es ist immer schön, von dir zu hören, ich freue mich echt über deine Mails, Oscar – aber ich muss mein eigenes Leben leben. Ich kann nicht die ganze Zeit auf

den Laptop starren und auf Nachrichten von dir warten, während draußen die Sonne scheint. Ich soll »die Erfahrung positiv sehen«, erinnerst du dich? Ich muss dem Leben hier wenigstens eine Chance geben. Neuseeland ist jetzt mein Zuhause. Also ... ich glaube, du weißt, was ich meine.
Ach übrigens – weil du mich gefragt hast –, ich glaube, ich kann es dir ruhig sagen: Die Sache mit dem Apfelkuchen ist wirklich ein bisschen komisch. Wenn du noch aussteigen kannst aus diesem Talentding, ist das wahrscheinlich gar nicht so falsch. Wenn ich du wäre, würde ich es tun.

Meg

Das war billig und gemein von mir, ich weiß. Oscar war magisch, und sein Kuchen war es auch. Alle hätten das wissen sollen, vor allem ich. Aber ich war eifersüchtig, und ich wollte ihm weh tun, ich wollte ihn kleinmachen, weil er mich nicht richtig mochte. Und ich wollte auf jeden Fall verhindern, dass er und Paloma die Stars der Klasse wurden, solange ich weg war.

Ich wollte, ich könnte das, was ich da geschrieben habe, zurücknehmen.

Oscar antwortete ganz schnell: Er sagte, er verstehe die Sache mit dem Kuchen, aber er habe keinen Schimmer, warum ich schreiben würde, dass wir einander nicht mehr schreiben sollten. Er werde mir jedenfalls auch weiterhin schreiben, weil Freunde das tun.

Aber ich wollte mich nicht umstimmen lassen. Ich bekam noch viele Mails von ihm – kleine Gedanken und Ideen und Erinnerungen an Dinge, über die wir geredet hatten. Unsere Fenster schienen Millionen von Meilen entfernt von dem Ort, wo ich jetzt saß, und die Dinge, die wir gesagt hatten, waren ganz undeutlich, wie im Nebel. Meine Erinnerungen waren krumm und schief, weil ich mich so weit weg fühlte und wegen des blöden Briefs. Dieser verdammte Brief! Der Brief, der nie abgeschickt werden sollte. Der Brief, von dem ich nie wollte, dass Oscar ihn liest, vor allem jetzt, denn nun wusste ich ja, dass er meine Liebe nicht erwiderte.

Von: Oscar Dunleavy

An: Meg Molony

Betreff: An Meg. Bitte melden

Meg? Warum hüllst du dich in Schweigen? Bitte, Meg, wir haben doch ausgemacht, dass wir uns jeden Tag schreiben, und jetzt bleibst du stumm und bist verschwunden. Für mich wäre es echt wichtig, dass du mit mir redest. Bitte, sei nicht so – klapp deinen Laptop auf und schick mir ein Foto oder irgendwas, damit ich endlich wieder weiß, wie du aussiehst! Okay?

Ich bekam noch mehrere Mails dieser Art, aber beantwortet habe ich keine einzige von ihnen. Die letzte bestand nur aus vier Wörtern:

Meg, wo bist du?

Mehr nicht.

Zwei Wochen später kam die Nachricht.

Das zwölfte Stück

Als ich am ersten Februar morgens in die Schule kam, stand auf meinem Schließfach in riesigen Buchstaben SPANNER. Mit schwarzem Permanentmarker. »Was ist das denn?«, sagte ich zu Andy und Greg, die in der Nähe herumstanden.

Andy sagte: »Keine Ahnung, aber ohne Grund schreibt keiner so was auf ein Schließfach.« Und Greg sagte: »Weißt du, Oscar, wenn du sie gut findest, hättest du's ihr doch nur sagen müssen! Ehrlich – am Anfang hat sie sich doch regelrecht an dich rangeschmissen, stimmt's?« Dann zuckten sie die Achseln und gingen weg. Ich schaute ihnen nach und sah, wie sie den Flur entlangschlenderten und sich gegenseitig anstießen.

Bald redete keiner mehr mit mir. Die Leute gingen auf die andere Seite, wenn sie mir im Flur begegneten. Sie tuschelten und kicherten die ganze Zeit, wenn ich in der Nähe war, und als ich Terry Kelly fragte, ob sie mir ihr Lineal borgt, warf sie es quer durchs Klassenzimmer, aber in die entgegengesetzte Richtung, wo jemand es auffing und damit wegrannte.

Ich schaute am Donnerstag in die Turnhalle, nach der Mathestunde, weil ich wissen wollte, ob der Sportunterricht schon angefangen hatte. Brian Dillon kam vorbei und sagte: »Na, wieder am Spannen, was, Oscar?« Ich sagte, keine Ahnung, was er meint, und er sagte: »Ja klar hast du keine Ahnung.« Und verschwand, bevor ich ihn fragen konnte, was das soll.

Es ist verblüffend, wie schnell man sich von einem normalen Jungen ohne besondere Merkmale in ein Monster verwandeln kann, in einen Irren, der einen Apfelkuchen-Tick hat und mit dem keiner was zu tun haben will.

Ich fing an, mein Leben mit anderen Augen zu sehen – schon bevor ich die ganze Wahrheit über mich erfuhr. Und danach … als ich alles wusste, war sowieso nichts mehr wie vorher.

Ich war nie besonders gut darin, aus dem Fenster zu springen und den Baum hinunterzuklettern. Aber in der Nacht, in der ich meinen großen Entschluss fasste, flog ich regelrecht abwärts, wie ein geschmeidiges Wesen aus dem Dschungel. Schon interessant, wie Verzweiflung und Leichtsinn die Fähigkeiten steigern können.

So schnell ich konnte, rannte ich zu meinem Fahrrad, das schimmernd am Tor stand, wo ich es immer abstellte. Es war eine finstere Entscheidung, die ich getroffen hatte, und sie war unumkehrbar. Ich war immer mehr zu der Überzeugung gekommen, dass ich genau das tun musste. Am Ende des Piers ist man hoch über dem Wasser, direkt neben der langen rostigen Leiter, die nach unten in die Tiefe führt.

»Meg«, sagte ich in meinem Kopf. »Meg, weißt du noch, wie oft wir am Ende des Piers gesessen haben und die Beine baumeln ließen, während an den Winterabenden das Licht langsam verblasste, und wie wir uns überlegt haben, was passieren würde, wenn einer von uns ins Wasser fällt?«

Und ich erinnerte mich genau, wie sie damals sagte: »Da unten im Wasser würden wir nicht lange überleben, schon gar nicht im Winter.«

An dieses Gespräch dachte ich, und das Dröhnen in meinem Kopf wurde immer unerträglicher. Nur gut, dass ich beschlossen hatte, es zu beenden.

Es dauerte vier Minuten und zwanzig Sekunden, um von mir zu dem Poller am Pier zu kommen – jedenfalls, wenn man schnell radelte und die Hände von den Bremsen fernhielt. Und außerdem war mitten in der Nacht kein Verkehr.

Ich musste unbedingt den ganzen Krempel loswerden, mit dem ich vollgestopft war. Ich wollte nicht hier sein. In meinem Inneren hatte sich ein riesiger Knoten gebildet, der nicht mehr aufgelöst werden konnte – er war viel zu komplex, zu verschlungen. Ich sagte mir immer wieder, dass es mir leidtat, aber ich sah keine andere Möglichkeit.

Meine Füße traten blitzschnell in die Pedale. Ich hörte das beruhigende Surren der Kette, wie eine leise Melodie oder ein besänftigendes Flüstern.

»Verschwinde von hier!«, flüsterte die Kette immer wieder, und ich hörte ihr zu, weil sie extrem überzeugend klang und meinen Entschluss bestätigte.

Ich raste über die Hallow Bridge mit ihren Laternen, die nie richtig funktionieren – sie gehen ständig aus und an, in einem unberechenbaren Rhythmus. Ich fuhr immer weiter, bis zu der Straße, die zum Pier führt.

»Auf Wiedersehen, Hallow Bridge«, murmelte ich, was ziemlich blöd klang, und fügte dann etwas lauter hinzu: »Auf Wiedersehen, Dad, mit deinem schrecklichen Schweigen. Und mit deiner Traurigkeit, die ich nicht ausstehen kann. Auf Wiedersehen, Meg – dir ist es ja wahrscheinlich egal, du gehst neue Wege, und unsere Freundschaft zählt für dich nicht mehr. Auf Wiedersehen, Stevie, es tut mir so leid, dass ich dich allein lasse, aber wenn du erfährst, was ich getan habe – und dass du es irgendwann erfährst, ist unvermeidlich –, dann wirst du froh sein, dass ich nicht mehr da bin.

Und auf Wiedersehen, Paloma, danke, dass du als Einzige den Mut hattest, mir die Wahrheit zu sagen. Vielen Dank dafür. Ich würde sagen, das werde ich dir nie vergessen, aber vermutlich vergesse ich demnächst alles – also war's das.«

Ich konnte es nicht erwarten, dass das Dröhnen in meinem Kopf endlich aufhörte. Ich freute mich darauf.

Ich freute mich darauf, in das schwarze Nichts zu stürzen, das mich zu sich rief.

Meg. Meg Molony – ich drehte ihren Namen noch ein paarmal in meinem Mund hin und her. »Meg, es tut mir leid, dass alles so blöd gelaufen ist.« Es war ziemlich bescheuert, eine Abschiedserklärung von sich zu geben, die kein Mensch hörte, aber für einen Brief blieb mir keine Zeit.

Ich hörte ein seltsames Summen, das immer näher kam, und ein Pfeifen in der Luft. Ich hatte zwar die Hoffnung aufgegeben, aber meinen Stolz hatte ich nicht verloren. Und ich weiß noch, wie ich dachte: *Stolz zu sein, das ist immerhin etwas*. Es war ein Minitrost in dem endlosen Chaos.

Ich glaube, ich hätte mich sogar noch von mir selbst verabschiedet, als hätte ich zwei Menschen in mir – ein Beweis dafür, wie durchgedreht ich war.

Ich stieß mich vom Boden ab und raste freihändig abwärts. Die Straße zum Pier ist ganz schön steil, ich wurde immer schneller, immer schneller, worin ich eine Erklärung für das fast melodische Pfeifen sah, das die anderen Geräusche übertönte und die Luft durchschnitt. Mit viel Geschepper und Gehoppel, weil der

Boden so uneben war, erreichte ich den Pier. Es sieht immer ganz toll aus, wenn man von der mit Mauern umschlossenen Straße auf den Pier kommt. Aber diesmal fand ich das Funkeln der Sterne und das Glitzern des Wassers und die gegen die Felsen schwappenden Wellen überhaupt nicht toll, weil ich viel zu verzweifelt war und weil dies meine letzten Augenblicke sein würden. Und in so einer Situation hat man keinen Kopf für die Szenerie.

Ich fuhr stur geradeaus, und es war leichter, als ich gedacht hatte. Mein Fahrrad und ich, wir schossen über den Rand hinaus, und gemeinsam rasten wir ins kalte, riesengroße Meer – dem es völlig gleichgültig ist, ob sich irgendwelche Jungen ins Wasser stürzen oder nicht.

Es war ein Gefühl, als liefe alles in Zeitlupe ab. Teile meines Fahrrads schrappten mich an verschiedenen Körperstellen. Schleimige Algen schlangen sich um meine Knöchel, und die Schuhe rutschten mir von den Füßen. Meine Arme und Beine wurden in verschiedene Richtungen gezogen, als gäbe es ein Unterwasserwesen, das mich zwang, zu einer makabren Melodie zu tanzen.

Ich fühlte mich leicht. Ich fühlte mich schwer. Ich fühlte mich langsam. Ich fühlte mich schnell. Alles in ganz rascher Abfolge. Aber ich konnte nicht denken. Da war nur die ziemlich entspannende Vorstellung: Gleich ist alles vorbei.

Ich war allein. Nur nasse Felsen um mich herum, stumm und glitschig. Ich empfand keine Freude, sah kein Ziel. Meine Entscheidung schien auf furchtbare Art sinnvoll und logisch.

Die Panik war verschwunden. Ich musste keinen Entschluss mehr fassen. Nie mehr.

Ich bin mir nicht ganz sicher, worauf ich als Nächstes gehofft hatte. Ein helles Licht, ein Lied vielleicht. Wunderschöne Musik, Harfenklänge in der Ferne. Eine Wärme, die meinen gefühllosen, eiskalten, durchnässten, zerschrammten Körper besänftigen würde.

Mit dem, was nun geschah, hatte ich jedenfalls nicht gerechnet.

Ich hörte eine Stimme, und diesmal kam sie nicht aus meinem eigenen Kopf. Ich spürte Hände, und es waren nicht meine – diese Hände versuchten, mich zu packen – versuchten irgendwie, mich hochzuziehen.

»So ist das also«, sagte ich zu mir selbst. Ich zitterte schrecklich, hatte aber keine Angst mehr. »Es fühlt sich an, als würde mich jemand wegtragen und an einen sicheren Ort bringen. Gar nicht so übel.«

Die Hände legten mich auf den Boden, der Boden

war hart und uneben, und eine Stimme wie Samt und Sand redete mit mir, leise und tief.

Es war Barney. Barney Brittle. Natürlich fragte ich ihn, was er hier mache, und er fragte zurück: »Wonach sieht es aus?« Er rette mich vor dem Tod im Wasser, sagte er, es sei ja nicht allzu lang her, dass ich ihn gerettet hätte.

Bekanntlich kommt ja alles irgendwie wieder zurück. Nun war er an der Reihe, mich zu retten. Deshalb war er zur Stelle, patschnass, denn er hatte sich zu mir ins Wasser gestürzt, um mich rauszuholen. Er war wirklich total durchnässt und schien grimmig und verzweifelt, aber er war auch stur, und die Art, wie er mich anschaute, hatte etwas sehr Bestimmendes. Ich war erschöpft, und ich fror. Ich dachte, ich hätte genau gewusst, was ich tue, aber das stimmte nicht.

Barney erinnerte mich daran, dass er selbst vor kurzem auch große Angst gehabt hatte. Genau hier, an dieser Stelle. Er habe nicht vergessen, wie es war, sich so zu fühlen, wie ich mich fühlte – und er beneide mich nicht. Aber jetzt solle ich mir keine Gedanken mehr machen, denn er habe die Sache in die Hand genommen. Er bestimme nun, wie's weitergehe. Damit war ich total einverstanden. Ich wäre ihm in dem Moment überallhin gefolgt.

Wie sich herausstellte, war es gar nicht so leicht, ihm zu folgen. Er legte ein beängstigendes Tempo hin. Zuerst schlug er vor, er könnte mich auf den Rücken nehmen, aber ich erwiderte, das sei nicht nötig. Dann rannte er blitzschnell durch das enge Straßenlabyrinth in meiner kleinen Stadt, bis wir zu einer Mauer kamen, oben auf dem Primrose Hill.

An dieser Mauer war ich bestimmt schon hunderttausendmal vorbeigekommen, aber nie hatte ich das kleine Tor darin bemerkt. Es war mit Gestrüpp und Schlingpflanzen überwuchert. Barney öffnete es und blickte sich um, als wollte er sich versichern, dass uns niemand gefolgt war. Wir trotteten einen verschlungenen, schmalen Pfad hinauf, der auf beiden Seiten von Mauern begrenzt war und immer weiter aufwärtsführte. Barney redete die ganze Zeit mit sich selbst, was ziemlich seltsam war.

»Wohin gehen wir?«, fragte ich ihn. Er antwortete: zu seinem Haus. Und als ich mich wiederholt erkundigte, bestätigte er mir jedes Mal bereitwillig, ich sei nicht tot.

Er sagte: Falls ich tatsächlich vorgehabt hätte, Selbstmord zu begehen, wäre das keine gute Wahl gewesen. Ich erwiderte, ich hätte nicht so wahnsinnig viel Zeit gehabt, um alles genau durchzuplanen. Ich hätte die Entscheidung superschnell getroffen und unter extremem Druck gehandelt, könnte man sagen.

»Ich bin froh, dass du einen erfolglosen Versuch unternommen hast. Mit deiner Strategie hättest du es sowieso nicht geschafft, dich umzubringen.«

Ich geriet etwas außer Atem, weil es wirklich nicht leicht war, ihm zu folgen.

»Ein Ort, wo er Schutz findet«, murmelte er, begleitet von einem leisen Keuchen – dabei machte er aber keinerlei Anstalten, sein Tempo zu reduzieren. »Wo er sich aufwärmen kann und wo niemand ihn findet. Vermassel es nicht, Barney. Dieser Junge ist dabei, abzustürzen. Du musst ihn auffangen.«

Barneys Haus sah ziemlich ramponiert und düster aus, als wäre es gekränkt, weil es mit viel Mühe gebaut und später so vernachlässigt worden war, dass es aussah, als würde niemand darin wohnen.

Das dreizehnte Stück

Den Nachmittag hatte ich am See verbracht. Es war der erste Donnerstag im Februar, zwei Minuten vor sechs. Meine Mutter hielt eine riesige Glasschüssel mit Salat in den Händen. Das Telefon klingelte, sie nahm ab, und während sie zuhörte, verlor sie die Kontrolle über die Schüssel, der Balsamico schwappte über den Rand, und auf dem Boden bildete sich eine große dunkle Pfütze.

Ich sagte so etwas wie: »Mum, pass doch auf, du verschüttest die ganze Salatsoße!«, aber sie hörte nichts, sie konnte nicht aufpassen, sondern ließ die Schüssel fallen. Salatblätter landeten vor meinen Füßen, kleine Tomaten kullerten herum, und die Schüssel polterte über den Küchenboden.

Meine Mutter japste kurz – dieses seltsame Geräusch, das die Menschen von sich geben, wenn sie wissen, dass etwas ganz Schreckliches passiert ist, noch bevor sie erfahren haben, was genau.

Mr Dunleavy war am Telefon. Er und meine Mutter redeten ewig lang miteinander. Das heißt, eigentlich redete nur er, und meine Mutter hörte schweigend zu. Ihr Gesicht verfärbte sich blassblau, was ich noch nie gesehen hatte. Nachdem sie sich von Oscars Vater verabschiedet hatte, sagte sie, ich solle mich mit ihr an den Tisch setzen. Ich sagte, ich würde gern erst noch duschen. Aber sie wickelte mich in ein großes Handtuch und sagte, die Dusche kann warten.

Sie erzählte mir, dass man Oscars Fahrrad aus dem Wasser gefischt und außerdem noch seine Schuhe gefunden habe.

»Okay«, sagte ich. »Kein Grund zur Panik. Vielleicht hat er das Rad zu dicht am Rand abgestellt. Er geht immer total leichtsinnig mit seinem Rad um. Und ich kann dir gar nicht sagen, wie oft er allein losfährt, ohne irgendjemandem Bescheid zu geben. Aber er kommt immer zurück. Vielleicht hat er seine Schuhe verloren, weil er schwimmen gegangen ist.«

»Schätzchen – im Februar? Nein, er ist nicht schwimmen gegangen. Meggy, es tut mir furchtbar leid, dass ich dir das sagen muss, aber es läuft eine große Suchaktion, und zwar schon seit mehreren Tagen. Ich fürchte, man muss mit dem Schlimmsten rechnen.«

»Mit dem Schlimmsten?« Ich schaute sie an. »Was heißt das?« Blöde Frage. Natürlich wusste ich, was das hieß.

Meine Haare tropften. Ich wollte aus dem Haus rennen und mir die Ohren zuhalten. Ich wollte zurückgehen zu dem Augenblick, der noch gar nicht lange her war, als ich selbst im Wasser war, fröhlich und ahnungslos, zurück zu dem Augenblick, als ich noch nichts von Oscars nassem Fahrrad wusste und von der Suchaktion und dass schon mehrere Tage vergangen waren – Tage ohne Oscar. Plötzlich fühlte ich mich wie ein völlig anderer Mensch.

Ich rannte hinauf in mein Zimmer und klickte hektisch auf meinem Laptop herum.

Da war ein ganzer Haufen ungelesener Mails. Andy Fewer, Rob Delaney, Stevie. Außerdem eine Mail von Paloma. Paloma Killealy. In der Mail schrieb sie, wie entsetzlich die ganze Situation sei, und sie fragte mich, ob ich vielleicht etwas tun könne, um das, was mit Oscar passiert sei, ein wenig zu erhellen. Falls ja, solle ich es ihr bitte sofort sagen. Sie fügte noch hinzu, das sei natürlich höchst unwahrscheinlich, weil ich so weit fort sei, und sie wisse ja, dass Oscar und ich einander nicht mehr so nah gewesen seien wie früher.

Stevies Mail lautete:

Meggy. Hast du gehört, was passiert ist? Bitte, komm nach Hause. Ich muss mit dir reden. Wenn ich mit dir reden könnte, würden wir ihn finden. Lass dir von keinem einreden, dass er tot ist. Er ist es nämlich nicht, Meggy. Er kann es gar nicht sein. Komm nach Hause. Ich muss dich dringend sehen.
Alles Liebe, Stevie

Ich las Oscars letzte Mail noch einmal durch. Es war zwei Wochen her, dass er sie geschrieben hatte. So lange? Wie konnte das sein? Ich ging auf Facebook. Seit mehr als einem Monat kein einziger Eintrag von ihm. Und jetzt das. Es fühlte sich an, als würde mir jemand immer wieder mit einem stumpfen Gegenstand ins Gesicht schlagen. Oscar Dunleavy ist verschwunden. Niemand kann ihn finden. Niemand weiß, wo er ist. Er ist weg.

Oscar, meine Mum sagt, dass du irgendwohin abgehauen bist. Hektisch tippte ich ihm eine Nachricht. *Sag, dass es nicht stimmt, bitte, bitte, ganz schnell! Oscar, du musst dich melden, unbedingt.*

Die Buchstaben fingen an, vor meinen Augen zu zittern. Immer mehr Nachrichten kamen bei mir an. Mr O'Leary. Stevie noch mal.

Oscars Vater schickte eine Liste mit beängstigenden Fragen:

Wann hat er dir das letzte Mal geschrieben?
Sind dir irgendwelche Veränderungen bei ihm aufgefallen?
Worüber hat er in letzter Zeit geredet?
Hat er erwähnt, dass er wegmöchte? Oder hat er dir vielleicht von irgendwelchen Plänen erzählt?
Hat er sich anders verhalten als sonst?
Geht er manchmal irgendwohin, wovon wir nichts wissen?
Kann es sein, dass er sich an einem Ort aufhält, den du kennst?

Die Fragen gingen weiter, bis ans Ende der Seite, eine schwerer zu beantworten als die andere, jede ein Schrei voll wachsender Panik. In meinem Kopf loderte ein Feuer, als ich in die Küche rannte, wo meine Eltern an ihren Handys hingen und in ernstem, gedämpftem Ton irgendwelche Dinge murmelten, die ich nicht verstand.

»Ich wollte nie nach Neuseeland!«, schrie ich. »Das habe ich euch tausendmal gesagt, aber ihr habt mir ja nicht zugehört. Ich wollte nicht raus aus meinem normalen Leben. Ich wollte nicht weg von Oscar, und jetzt – jetzt seht ihr ja, was passiert ist!«

Wahrscheinlich hätten sie zu mir sagen sollen: Hör auf! Aber sie sagten kein Wort – auch nicht, als ich einen Becher nahm und ihn auf den Fußboden knallte.

Wenn ein guter Freund verschwindet, ist es wichtig, dass man nach Hause geht, um zu begreifen, was dieser Mensch einem bedeutet. Man muss zurück zu den Orten, wo er als Letztes war, um herauszufinden, was passiert ist.

Es war komisch, wie viel Mum und Dad investiert hatten, um mich hierherzubringen. Und nun gingen wir doch wieder nach Hause, wegen Oscar. Kurz dachte ich, dass ich vielleicht dafür kämpfen müsste, aber ich brauchte gar nichts zu sagen. Meine Eltern fanden es auch wichtiger, dass wir zurückgingen und Oscars Vater und Stevie beistanden, als dass mein Dad sein Projekt hier beendete.

»Manchmal passiert etwas, und man muss neue Prioritäten setzen«, sagte Dad zu mir. Ich war froh, dass meine Eltern wussten, dass das jetzt das Richtige war. Sie hatten die Flüge schon gebucht. Zwei Tage später war alles gepackt und sämtliche Details geregelt.

Ein großer Teil von Dads Forschungsprojekt wurde an einen Mann namens Jerry Nolan übergeben. Ich sagte, es tue mir sehr leid, aber Dad sagte: »Vergiss es.« Es sei nicht meine Schuld, sagte er, und ich brachte es nicht über mich, ihm zu gestehen, dass es sehr wohl meine Schuld war. »Forschungsprojekte kommen und gehen«, fügte er noch hinzu. Und dass er und Mum sich im Moment ganz auf mich konzentrieren wollten und darauf, wie es mir ging.

Ich liebte meinen Dad, sogar in dem verwirrenden Nebel, der mich in diesen Tagen einhüllte. Meine Mutter strich mir immer wieder über den Kopf, als wäre ich ein kleines Kind. Das nervte mich ein bisschen, und eigentlich fand ich es nicht besonders hilfreich, aber ich sagte nichts – wenn Leute trösten wollen, tun sie manchmal ziemlich nutzlose, nervige Dinge, und man sollte sie nicht daran hindern.

Und während der ganzen Zeit verlangten sie nicht von mir, dass ich irgendwas machte. Sie meckerten nicht, wenn ich ihnen keine Antwort gab. Ich wurde nicht wie sonst ermahnt: *Räum deine Sachen auf!* oder: *Mach endlich deine Hausaufgaben!* oder: *Kämm dir die Haare!* Ausgerechnet in einer Situation, in der diese alltäglichen Aktivitäten gut für mich gewesen wären, weil sie mich abgelenkt hätten, ließen meine Eltern mich einfach in der Ecke sitzen, und ich musste keinen Finger rühren.

Einige von meinen neuseeländischen Schulkameraden kamen vorbei, um sich zu verabschieden. Sie standen verlegen herum, und manche murmelten so Sachen wie: Es tue ihnen sehr leid, was sie da über meinen besten Freund in Irland gehört hätten. Das war auch kein Trost für mich, obwohl ich natürlich wusste, dass sie es nett meinten. Sie kannten Oscar nicht.

Das, was sich in meinem Kopf abspielte, war fest eingewickelt und weggepackt. Ich konnte mit keinem darüber reden. Die meiste Zeit hockte ich allein da und überlegte, was ich zu den anderen sagen könnte, wenn ich wieder zu Hause wäre. Als endlich das Taxi vorfuhr, das uns zum Flughafen brachte, war ich sehr froh.

Die Neuseeländer sind vermutlich die fröhlichsten Menschen auf unserem Planeten. Wenn man erfährt, dass der beste Freund, den man je hatte, verschwunden ist, dann kann es einen in den Wahnsinn treiben, von lauter fröhlichen Menschen umgeben zu sein. Meine Eltern bildeten einen schützenden Kreis um mich. Sie versicherten mir immer wieder, sie seien für mich da und hätten mich sehr lieb. »Alles wird wieder gut«, sagten sie. Aber nichts war gut, und nie wieder würde alles gut sein.

An einem grauen Morgen kamen wir zu Hause an. Der Regen fühlte sich in meinem Gesicht an wie spitze Nadeln, und der Wind umschloss mich wie eine unangenehm feuchte Wolldecke, die genau das

Gegenteil dessen bewirkt, wofür eine Wolldecke eigentlich da ist. Paloma und ihre Mutter lebten noch in unserem Haus, deswegen mussten wir uns eine Wohnung mieten.

Palomas Mutter hatte in den Flur unserer neuen Wohnung Blumen gestellt, mit einem Brief, in dem stand, wie leid es ihr tue, dass wir unseren Aufenthalt in Neuseeland abbrechen mussten. Sie wollte wissen, ob wir auch wirklich sicher seien, dass wir unser Haus nicht jetzt gleich zurückbrauchten, und außerdem erwähnte sie noch, wie traurig der Anlass unserer Rückkehr doch sei. Meine Eltern sagten immer wieder, was für nette Menschen Mrs Killealy und ihre Tochter doch seien.

Mein Übergangszimmer war so kahl, dass es ein Echo hatte. Meine Kapuzenshirts waren alle noch in irgendeinem Zwischenlager untergebracht. Ich hatte nicht mal eine ordentliche Strickjacke. Ich ging an unserem Haus vorbei und schaute hinauf zu meinem Fenster, weil ich Paloma sehen wollte. Dann spähte ich in das Haus, in dem Oscar und Stevie wohnten, und dann betrachtete ich unseren Kirschbaum und blickte hinauf zu Oscars Fenster. Die Vorhänge waren zugezogen, und es brannte kein Licht. Die eisige Kälte seiner Abwesenheit war wie ein großer Stein, und ich musste den Blick abwenden.

Das vierzehnte Stück

Barney sagte, ich solle mit dem Anfang anfangen.

»Mit welchem Anfang?«, fragte ich ihn.

Und er antwortete: »Überleg dir, ab wann alles schiefgegangen ist. Geh zurück zu dem Moment, als du den Pfad betreten hast, der dich, einen sympathischen, charmanten Jungen, dahin gebracht hat, dich im Meer ertränken zu wollen. Denk ruhig erst nach, bevor du redest. Ich habe viel Zeit.«

Er schlurfte durch das vollgestellte Wohnzimmer, in dessen Mitte ein großes, weiches, schiefes Sofa stand. Barney setzte sich in den bequemen Sessel direkt daneben und schaute mich an. Er hatte weder einen Computer noch ein Telefon noch ein iPad. Nicht mal einen Fernseher besaß er, soweit ich sehen konnte. Verstaubte Büchertürme umgaben uns.

Ich hatte ein Gefühl, das ich schon lange nicht mehr gehabt hatte. Ein ruhiges Gefühl, das einem nicht gleich auffällt – und das man bekommt, wenn einem jemand zuhört. Und zwar richtig aufmerksam zuhört. Dann will man alles ganz genau erzählen. Man will sich

Zeit nehmen und die Dinge erklären, und alles soll der Wahrheit entsprechen.

Ich erzählte ihm, wie sehr ich Meg vermisste, aber auch, dass Paloma Killealy jetzt nebenan wohnte und ganz toll war und dass alle sie mochten und dass sie wunderschöne Haare hatte und dass jeder sie extrem hübsch fand.

»Okay, dann fangen wir doch mal mit Paloma an«, schlug Barney vor, und mir erschien dieser Einstieg gar nicht übel.

»Ich habe ihr ziemlich viel beigebracht, glaube ich, weil ich gut erklären kann. Aber sie hat mir auch viel beigebracht. Eine Sache hat mich besonders beeindruckt. Gleich am Anfang hat sie mir davon erzählt. Von der sogenannten Ratio. Es nützt allen Leuten, wenn sie über die Ratio Bescheid wissen, und wenn Paloma nicht wäre, hätte ich bis heute keine Ahnung davon.«

»Die Ratio?«, wiederholte Barney, der gerade Feuer machte, indem er aus trockenen Ästen einen Turm bastelte, auf den er dann einen großen Holzklotz legte.

»Ja«, sagte ich. »Die Ratio. Paloma weiß sehr viel darüber, weil sie seit der ersten Klasse insgesamt siebenmal umgezogen ist. Man lernt einiges, wenn man so oft umzieht. Nicht viele Leute wissen, wie das funktioniert mit der Ratio, aber das Schema ist immer das gleiche – egal, in welche Schule man geht.«

Paloma sagte, es sei eine Art universelles Gesetz. Alle, die irgendwann in ihrem Leben eine Schule besucht haben, also wirklich alle, müssten wenigstens eine vage Vorstellung haben, dass es so was gibt.

Für jede durchschnittlich große Schulklasse gilt, laut Paloma, ungefähr folgendes Schema:

Es gibt in der Regel vier bis fünf Alphas: Platzhirsche, Leute wie Andy oder Greg. Die Alphas bewegen sich in Zeitlupe, wie Astronauten, und sie müssen keinem aus dem Weg gehen. Ihre Schließfächer sind immer gleich bei der Tür. Sie müssen nicht in der Schlange warten, und wenn sie vorbeikommen, schauen alle ihnen nach. Jeder dieser Alphas hat ein oder zwei Anhängsel. Keiner versteht so richtig, was diese Anhängsel davon haben, aber sie sind so loyal und treu, wie es die Alphas eigentlich gar nicht verdient haben, würde man denken.

Die nächste Gruppe sind die Unsichtbaren: ungefähr sieben kluge, anständige, ruhige, nette Kids, die keiner richtig bemerkt und deren Namen man ein Jahr nach Schulabschluss wieder vergessen hat, jedenfalls nach Palomas Hypothese. Die Aktiven hingegen sind fünf gutgelaunte Personen, die irgendwie nie merken, dass jede Klasse eine unangenehme Schattenseite hat, die überall lauert wie ein wachsames Reptil. Die Aktiven machen begeistert bei sämtlichen Zehn-Kilometer-Läufen mit und beim Spendensammeln sowie bei allen anderen Veranstaltungen, die dazu da sind, dass die Schule wie eine angenehme, fröhliche, unkomplizierte Institution aussieht.

Es gibt außerdem immer drei oder vier echte Störer – ihre Position auf der Leiter ändert sich täglich: Sie verlieren ihre Beliebtheit innerhalb von Sekundenbruchteilen, weil sie mit einem Papierkügelchen auf irgendetwas zielen und dann aus Versehen Andy Fewer treffen.

Und dann ist da meistens noch eine kleine Gruppe von Außenseitern: schwarzumrandete Augen, schwarzes T-Shirt, pinkfarbene Haare, schwarze Stiefel, immer mit einem Notebook bewaffnet, immer mit Musik auf den Ohren. Leute, die nicht wissen, ob sie dazugehören, und die sich nicht entscheiden können, ob sie das überhaupt wollen.

Und das ist es dann auch schon. Das heißt, fast. Es gibt nämlich noch eine Kategorie, die nur aus einer einzigen Person besteht. Und das ist die Person ganz unten. Keiner will Mitglied dieses traurigen kleinen Ein-Personen-Clubs sein, aber irgendeinen trifft es immer.

»Klingt kompliziert«, habe ich damals zu Paloma gesagt.

»Ist es auch«, antwortete sie. »Aber es ist lebenswichtig, dass man die Ratio kapiert.«

»Meinst du wirklich?«, fragte ich. Und dann erklärte

ich ihr, dass es in unserer Klasse anders sei. Alle kommen mit allen aus. Wir haben keine Außenseiter und erst recht keinen, der ganz unten ist.

»Oh doch«, entgegnete sie. »Oder – wenn es bisher nicht so war, dann kommt es noch.«

»Bist du dir sicher?«

»Ja, allerdings.«

Schon während wir uns unterhielten, überlegte ich, ob ich womöglich etwas übersah. Ich sagte noch ein paarmal, dass die Ratio vielleicht für andere Klassen gelte, zum Beispiel in den Schulen, in denen Paloma bisher war, aber bei uns hätte ich keinerlei Anzeichen dafür entdeckt. Und ich weiß noch genau, wie sie einen Kaugummistreifen aus dem Silberpapier wickelte und damit auf mich deutete, wie mit einem Zauberstab, um den nächsten Teil ihrer Belehrung zu unterstreichen.

»Oscar, da irrst du dich. Die Ratio ist überall. Du musst alles, was du für wahr hältst, in Frage stellen. Das sind nämlich nur oberflächliche Eindrücke. Die eigentliche Wirklichkeit befindet sich unterhalb der Oberfläche. Jemand wie du glaubt vielleicht in seiner Naivität, dass es in der Schule nichts Wichtigeres gibt, als Mathematik und Englisch und Physik und Erdkunde und Geschichte zu lernen, um voranzukommen. Bestimmt hat man dir das so beigebracht.

Aber – pass auf, Oscar. Ich erweise dir einen riesigen

Gefallen, wenn ich dich in mein Wissen einweihe. Es ist viel, viel wichtiger, sich mit der Ratio zu beschäftigen. Die Ratio muss man verstehen. In der Ratio liegt die Macht: Es geht vor allem darum, zu wissen, mit wem du dich anlegen kannst und mit wem nicht. Wo deine Position ist und ob du sie ändern kannst. Wie gesichert deine Position ist. Für mich ist im Moment noch alles in der Schwebe, weil ich ja erst am Anfang stehe – weil ich neu bin.

Du denkst wahrscheinlich, eine zufällige Unterhaltung mit einem harmlos aussehenden Typen hat keinerlei Konsequenzen – aber du musst höllisch aufpassen. Jede Entscheidung, die du triffst, ist wichtig. Sogar sehr wichtig. Und wenn du zu weit nach unten rutschst, ist es extrem schwer, wieder hochzukommen.

Niemand kann dir helfen, wenn du in der falschen Kategorie landest. Schau mich an, Oscar.« Sie fasste mich an den Schultern, und ich spürte, wie sich ihre schlanken Finger in meine Haut gruben – ihre Stimme klang, als könnte es auf der ganzen Welt nichts Wichtigeres für mich geben als das, was sie mir gerade erklärte.

»Diese Dinge renken sich nicht von selbst wieder ein. So was geht nicht vorbei. Hör gut zu! Wir reden hier über dein ganzes zukünftiges Leben. Das ist alles andere als nebensächlich.«

»Heißt das, du bist jetzt dabei, unsere Jahrgangsstufe zu studieren? Hast du jeden schon in eine deiner Kategorien eingeordnet?«

»Ich? Ach, du lieber Gott – nein, nein, Oscar«, erwiderte Paloma betont gekünstelt und altmodisch, während ihre Augenbrauen einen perfekten vorwurfsvollen Bogen bildeten.

»Ich spreche von der Weltordnung. Diese Theorie stammt doch nicht von mir! Ich würde es mir niemals anmaßen, jemanden mit einem Etikett zu versehen. Ich sage nur: So verhalten sich die Menschen. Aber ich? Nein! Kennst du mich nicht inzwischen ein bisschen? Siehst du nicht, dass ich eigentlich nur mit allen befreundet sein möchte?«

Barney sagte, dass es die Ratio seiner Meinung nach nur dann gebe, wenn die Leute daran glaubten.

»Ich weiß«, entgegnete ich. »Das heißt – am Anfang habe ich das auch gedacht. Ich war davon überzeugt, dass Paloma etwas falsch verstanden hat. Ich dachte, sie wendet auf ihre neue Umgebung irgendein Regelwerk an, so ähnlich, wie sie dachte, dass die Jungs die Mädchen zum Energiser einladen würden und solche Sachen. Ich habe ihr immer wieder versichert, dass es die Ratio bei uns nicht gibt, und sie hat immer wieder behauptet, doch, es gibt sie. Die Ratio ist überall, sagte sie, weil wir Menschen so funktionieren.

Und soll ich dir was sagen, Barney? Sie hatte recht. Es hat sich herausgestellt, dass der Platz der ›Person ganz unten‹ noch frei war, und schon ziemlich bald, nachdem sie mir das Ratio-System erklärt hatte, bin ich da gelandet. Ich muss der naivste Mensch auf dem ganzen Planeten gewesen sein – ich habe echt geglaubt, dass alle mit allen gut auskommen –, ich mochte die Leute in meiner Klasse und dachte, sie mögen mich. Aber dann ist der Kontakt zwischen uns irgendwie kaputtgegangen, und alles war plötzlich ganz vergiftet. Und es ist schon komisch – kaum hatte Paloma mir von der Ratio erzählt, da habe ich sie auch schon bemerkt. Und zufällig ging von da an alles schief.«

»Für mich klingt das nicht wie ein Zufall«, sagte Barney.

Er meinte, dass sich bestimmt alle Sorgen machen würden meinetwegen. Aber ich stützte den Kopf in die Hände und sagte: »Bitte, bitte, zwing mich nicht, nach Hause zu gehen.«

Daraufhin sagte er, dass ich bleiben kann, so lange ich will.

»Fühl dich überhaupt nicht unter Druck, mein Junge.« Das ist es, was er sagte.

Und von da an wohnte ich bei ihm – im unordentlichsten Haus der Welt.

Nach ein paar Nächten gewöhnte ich mich daran, dass ich spätabends immer hörte, wie Barney aus dem Haus ging, wenn er dachte, ich würde schlafen. Morgens hatte er dann immer neue Informationen, auch wenn ich die eigentlich gar nicht hören wollte – Informationen über Plakate mit meinem Gesicht und über Zeitungsartikel, in denen es um mein Verschwinden ging. Ich fand es sehr interessant, dass es einen Gottesdienst für Oscar Dunleavy gegeben hatte. Barney sagte, dass alle aus meiner Klasse in der vordersten Reihe gesessen hätten und dass alle Leute sagten, wie schrecklich es sei, dass ich nicht mehr da wäre.

»Ja klar«, sagte ich und bemühte mich, desinteressiert zu klingen. »Und hast du sonst noch etwas erfahren?«

»Ja, ich habe gehört, dass alle dich sehr gern hatten.«

»Ein paar vielleicht, das kann schon sein«, sagte ich. »Vielleicht haben sie es früher auch ehrlich gemeint, bevor sich alles verändert hat. Außerdem kann man gut sagen, man hat jemanden gern, wenn derjenige tot ist. Nur schade, dass keiner es geschafft hat, mich gern zu haben, als es drauf ankam – das heißt, als ich noch gelebt habe.«

»Du lebst doch noch, Oscar. Du bist nicht tot. Schon vergessen?«

»Ich will gar nicht darüber reden, ob ich lebe oder

ob ich tot bin, und ich will auch nicht über mein altes Leben reden. Ich will über das Ganze nicht reden.«

»Warum nicht?«

»Weil ich mich schäme«, sagte ich.

Das fünfzehnte Stück

In den folgenden Wochen versuchte ich, Paloma Killealy zur Rede zu stellen, aber man musste kein Genie sein, um zu merken, dass sie mir aus dem Weg ging. Paloma und ich waren im selben Schuljahr, in derselben Schule. Wir gingen dieselben Flure entlang und durch dieselben Türen, wir aßen in derselben Schulmensa. Eigentlich war es völlig unmöglich, sich nicht zu begegnen. Aber ich sah sie nie – das erste und letzte Mal bei Oscars Gottesdienst. Also kam ich zwangsläufig zu dem Schluss, dass sie mich absichtlich mied. Im Grunde konnte ich ihr keine Vorwürfe machen deswegen. Ich wäre mir selbst auch aus dem Weg gegangen, wenn ich die Möglichkeit gehabt hätte.

Meine einzige Verbindung zu Oscar war jetzt sein Bruder Stevie. Er schaffte es immer wieder, mich zum Lachen zu bringen, denn er war der einzige Mensch, der glaubte, dass Oscar noch lebte.

Mit der Zeit hatte ich immer stärker das Bedürfnis, mich in der Nähe dieser gigantischen Hoffnung aufzuhalten, die Stevie in seinem kleinen Körper gespeichert hatte. Manchmal schaute ich einfach so bei ihm vorbei, und Oscars Vater machte mir die Tür auf. An anderen Tagen kam ich erst ganz spät, wenn ich wusste, dass Stevie schon in seinem Zimmer war, mit dem tanzenden Kerzenlicht hinter der Fensterscheibe. Dann klopfte ich ans Fenster, und wir redeten oft stundenlang.

Wir waren schon fast einen ganzen Monat wieder zu Hause, da erwischte mich meine Mum, als ich mich einmal sehr spät in mein Zimmer schlich. Am nächsten Morgen hatte ich normal Schule, und sie wollte natürlich wissen, wo ich war. Aber bevor ich antworten konnte, meinte sie, es sei viel zu spät, am besten sollten wir, also sie und Dad und ich, uns morgen zusammensetzen und über alles reden.

Ich schickte Stevie eine SMS, um ihm zu sagen, dass ich Ärger hatte, weil ich mich von zu Hause weggeschlichen hatte, und er sagte, wenn es hilft, würde er sich gern als Sündenbock anbieten.

Meine Mum meinte, mein zwanghaftes Bedürfnis, mit Stevie zu reden, sei für uns beide nicht gut. Ihrer Ansicht nach sollte ich zu unserer Schulpsychologin gehen, die als Trauerbegleiterin fungierte, und wenn ich keinen Termin mit ihr ausmachen wollte, dann würde sie selbst Mr O'Leary anrufen. Ich sagte: »Okay, okay, wird gemacht.«

Wer *emotionale/psychologische* Unterstützung braucht im Zusammenhang mit der Oscar-Dunleavy-Tragödie, kann sich bei Miss Katy Collopy, Dipl.-Psych., für einen Beratungstermin im Lilac Room anmelden.
Eine Stunde pro Sitzung
Donnerstag 10–14 Uhr
Bitte in die Liste eintragen

stand auf dem Zettel am Anschlagbrett des Lilac Room.

Mr O'Leary und Mrs Stockett sagten beide zu mir, Katy Collopy könne mir bestimmt helfen. Sie war nach Oscars Verschwinden gebeten worden, den Schülern beizustehen, die »ihre Gefühle ordnen« mussten, und sie hatte schon vielen Leuten aus meiner Klasse geholfen. Verständlicherweise waren die meisten total fertig wegen Oscar.

Ich hörte wieder dieses Wasserrauschen in meinem Kopf, diesmal begleitet von einem komischen Geklopfe. Eigentlich hatte ich null Lust, mit einer Psychologin oder mit sonst irgendjemandem zu reden, aber die Vorstellung, meine Mutter könnte in die Schule kommen und mit den Lehrern über mich und meinen emotionalen Zustand sprechen, war noch schlimmer.

In der Doppelstunde Chemie benahm sich Mr Grimes, als müsste das Leben allmählich wieder in normale Bahnen zurückkehren, und wir trafen die Vorbereitungen für ein Experiment: Wir sollten die durch Hitze hervorgerufenen reaktiven Eigenschaften von Aluminium erforschen, und zwar an leeren Dosen. Alle in meiner Klasse taten übertrieben begeistert. Raymond Daly beugte sich über unseren Versuchsaufbau und flüsterte mir zu, Paloma Killeally habe sich als Erste für einen Termin bei Katy Collopy eingetragen. Da hielt ich es nicht mehr aus – ich schob meinen Stuhl zurück und ging aus dem Klassenzimmer, ohne um Erlaubnis zu bitten. Niemand rief hinter mir her, keiner wollte wissen, was ich vorhatte. Ich lief den Flur mit dem glänzenden Fußboden entlang, der zu der großen Doppeltür führte und zum Basketballplatz. Dort rannte ich los, quer über das Spielfeld und zum Lilac Room. Tatsächlich, Raymond Daly hatte nicht gelogen. Palomas Name stand in säuberlicher Schrift als Erster auf dem Zettel mit den Anmeldungen:

Paloma Killealy

Sogar ihre Unterschrift war wunderschön: groß, schwungvoll und verträumt.

Und dann kam sie aus dem Zimmer, mit gesenktem Kopf, ein Taschentuch vor dem Mund. Ich musterte sie sehr genau, denn bisher hatte ich sie ja nur aus der Ferne gesehen. Ein paar Sekunden lang stand sie vor mir, aber sie schaute durch mich hindurch, ein trauriger Schatten huschte über ihr unheimlich hübsches Gesicht, und dann entfernte sie sich auf ihre typisch mysteriöse Art.

Ich saß auf meinem Stuhl und starrte ihr nach. Ich beschloss, lieber nicht zu rufen: *Hey, Paloma. Paloma, komm mal her, ich möchte mir dir reden.* Ich fühlte mich auch so schon mies genug.

In dem Moment öffnete sich die Tür zum Lilac Room, und Katy Collopy sagte: »Meg? Hallo, Meg. Komm doch bitte rein.«

Schlaffe Sitzsäcke standen überall rum, außerdem Rattanregale mit Büchern, auf denen lauter schlecht angezogene Kinder abgebildet waren. Die Bücher hatten Titel wie *Gesprächskultur mit Jugendlichen* oder *Wie kann ich ich selbst sein?*

Es war eher düster in dem Raum, und auf einem Regal befanden sich mehrere elektrische Kerzen mit pulsierenden falschen Flammen, die gespenstische kleine Schatten an die Wand warfen.

Katy Collopy lächelte betont freundlich und zog bedächtig einen riesigen Sitzsack näher zu sich, um ihn dann mit dem Fuß in meine Richtung zu schieben. In dem Sitzsack konnte man immer noch ganz deutlich den Abdruck von Paloma Killealy erkennen.

»Okay, Meg – als Erstes solltest du dich entspannen und es dir bequem machen.« Ich ließ mich auf den Sack plumpsen, um die Silhouette dieses Mädchens wegzudrücken.

Es folgte ein langes, unangenehmes Schweigen. »Hast du Oscar Dunleavy gekannt?«, fragte Katy Collopy dann.

»Ob ich ihn gekannt habe? Wie meinen Sie das?«

»Ich meine – hast du mit ihm geredet? Kanntet ihr euch näher?«

»Ich bin Oscar Dunleavys beste Freundin.«

»Oh.« Sie blickte auf ihren gelben Notizblock und blätterte zurück. »Tatsächlich?«

»Ja, ich bin seine beste Freundin, und ich bin hier, weil ich dachte, Sie könnten mir vielleicht helfen und mir sagen, was ich tun muss, um ihn zu finden.«

»Hör zu, Meg«, begann Katy, und dann wurde ihre Stimme ganz tief und verblüffend streng: »Ich weiß nicht, ob es besonders hilfreich ist, wenn wir unsere Zeit hier mit dieser Frage verbringen. Ich glaube, es ist besser, wenn wir zwei darüber reden, was in deinem Kopf vor sich geht – was du denkst und was du fühlst.

Ich glaube, das Letzte, was du jetzt brauchst, ist, sinnlos nach Oscar zu suchen. Wir wissen doch alle, dass so eine Suche nichts bringt, stimmt's? Also, Meg – ich halte es für wesentlich sinnvoller, wenn du mir von deinen Gefühlen erzählst.«

Ich schaute sie an.

»Klar – es stimmt, Oscar ist weg. Er ist verschwunden. Und bin seine Freundin, das heißt, ich war seine Freundin, das heißt, nein, ich bin seine Freundin. Ich bin diejenige, die immer alles von ihm gewusst hat. Aber aus irgendeinem Grund machen sich alle Leute nur Sorgen um Paloma und kümmern sich um sie. Als wäre das, was zwischen mir und Oscar war, total bedeutungslos. Man könnte denken, Paloma Killealy lebt schon immer hier und mich hat es nie gegeben. Und dann wohnt sie auch noch in unserem Haus, in meinem Zimmer, und nachts schläft sie in meinem Bett!

Aber eigentlich wohne ich in dem Zimmer. Das ist mein Fenster. Das waren unsere Gespräche. Die gehören sonst keinem!«

Ich erzählte Katy Collopy, dass ich seit einer Weile Wassergeräusche in meinem Kopf hören würde und dass ich nachts immer von dem Poller träumte und von dem nassen Fahrrad und von Oscars durchnässten Schuhen. Und dass der Poller in meinem Traum manchmal spricht. Ganz leise murmelt er irgendwas, und wenn ich nur nah genug an ihn rankommen könnte, dann würde ich ihn verstehen.

Nach einem dezenten Räuspern sagte Katy, die Tatsache, dass ich im Kopf Wassergeräusche hörte und von dem Poller träumte, stünde für etwas sehr Wichtiges und sei nachvollziehbar. Sie erklärte, es sei für mich bestimmt von großer Bedeutung, das Geheimnis um Oscars letzte Augenblicke zu verstehen. Deshalb würde ich mir wünschen, dieser Stein, der Zeuge seiner Qual war, könnte sprechen. Und sie sagte, wenn man sich etwas ganz stark wünscht, dann könne es manchmal im eigenen Kopf wahr werden und erscheine einem real.

Ich erwiderte: »Wenn diese Theorie stimmt, dann müssten noch ein paar andere Dinge in meinem Kopf wahr werden, die viel schöner sind – schöner, als dass ein großer Stein mir mitten in der Nacht etwas zuflüstert.«

»Warst du noch mit Oscar befreundet, als er gestorben ist?«, fragte die Therapeutin, die etwas verwirrt schien.

»Also erstens hat niemand einen Beweis dafür, dass er tot ist, deshalb möchte ich Sie bitten, das nicht immer wieder zu sagen, okay? Und zweitens können Sie alle Leute in meiner Klasse fragen, und jeder wird Ihnen sagen, dass Oscar und ich die besten Freunde sind. Schon seit Jahren.«

»Ach so, gut – das glaube ich dir natürlich, erzähl ruhig weiter, sag einfach alles, was du so denkst.«

Katy war hübsch und hatte perfekte Haut, und auf einmal war ich fest davon überzeugt, dass es in ihrem Leben noch nie auch nur den kleinsten Schmerz gegeben hatte, durch den ein Schatten auf den strahlenden Glanz ihrer Existenz gefallen wäre. Ich blickte in ihre hellen Augen – das Weiße war total weiß, fast schon bläulich, und ihre Wimpern waren perfekt geschwungen. Ich glaube, irgendetwas an diesen Wimpern machte mir klar, dass es absolute Zeitverschwendung war, mit ihr zu reden. Katy konnte mir nicht helfen.

»Meg, ich verstehe dich, ehrlich. Vor allem jetzt, nachdem du mir gesagt hast, dass Oscar dein bester Freund war.«

»Er ist mein bester Freund, das habe ich Ihnen doch gerade erklärt. Wir zwei sind richtig eng befreundet. Aber Oscar versteht sich sowieso mit allen sehr gut. Sie können alle in meiner Klasse fragen. Die werden Ihnen genau das Gleiche sagen. Sie werden Ihnen sagen, wie toll er ist und dass jeder ihn mag und dass es keinen gibt, der ihn nicht mag. Und das gilt nicht nur für meine Klasse. Er ist der beliebteste Junge in der ganzen Schule.«

Wieder entstand zwischen uns ein langes Schweigen, wie eine Blase, die immer größer wird.

Dann schüttelte Katy Collopy leicht den Kopf und lächelte ein trauriges, stirnrunzelndes Lächeln.

»Wie lang warst du fort, Meg?«, fragte sie mich dann, und ich sagte es ihr.

»Und wie häufig hattest du in der Zeit Kontakt mit Oscar?«

Ich antwortete wahrheitsgemäß: am Anfang jeden Tag, gegen Ende kaum noch. Eine neue Welle unterdrückter Schuldgefühle schwappte über mich weg, und ich fragte die Therapeutin, warum sie mir so viele Fragen stelle.

»Weil das, was du sagst, überhaupt nicht zu dem passt, was ich sonst über Oscar gehört habe.«

»Wie meinen Sie das?«

»Oscar war am Schluss extrem unglücklich.«

»Er war doch nicht unglücklich! Alles war okay.«

»Ach, liebe Meg.« Sie beugte sich vor, die Ellbogen aufgestützt. »Es ging ihm gar nicht gut, und er war regelrecht depressiv.«

»Stimmt doch gar nicht! Er war glücklich und zufrieden und immer fröhlich.«

»Wirklich? Bist du dir da so sicher? Die Fakten sprechen eine andere Sprache.«

»Die Fakten? Welche Fakten?«

»Keine Mutter, Vater arbeitslos. Bruder schwerbehindert. Allein schon diese Umstände legen die Vermutung nahe, dass seine Situation sehr kompliziert gewesen sein muss, wenn du mich fragst.«

»Klar, wenn Sie es so beschreiben, wenn Sie diese Punkte einfach nacheinander aufzählen, dann klingt das ziemlich traurig, aber ... Oscar hat mir immer alles erzählt. Wenn er sich umbringen wollte, verdammt nochmal, wenn er das wirklich vorgehabt hätte, dann hätte er mir das garantiert gesagt, er hätte vorher mit mir darüber geredet!«

»Kannst du das wirklich wissen, Meg? Ich möchte dir helfen, vernünftig zu denken – du musst aufhören, dich an falsche Hoffnungen zu klammern. Erst dann kannst du das alles verarbeiten. Anders geht es nicht.«

Ich hatte keine Lust mehr, zu reden. Ich schaute aus dem Fenster und versuchte, an etwas anderes zu denken.

»Meg.« Katy Collopy räusperte sich wieder und setzte zur nächsten Rede an. »Ich glaube, es ist an der Zeit, dass du ein paar Dinge erfährst, die hier passiert sind, während du weg warst. Die anderen Schüler haben Oscar sehr schlecht behandelt. Nach allem, was ich gehört habe, wurde er von verschiedenen Seiten unter Druck gesetzt. Und Oscar hat sehr viel für sich behalten. Dass Jungen in dem Alter ihre Probleme verstecken, ist normal – sie fressen alles in sich hinein, bis es zu viel ist und sie nicht mehr können. Bestimmt hat er sich unglaublich zusammengenommen und hat keinem erzählt, was ihn quält, weil er auf jeden Fall verhindern wollte, dass sich jemand Sorgen um ihn macht – weil er wollte, dass es allen gutgeht. Das kannst du dir doch sicher vorstellen – oder?«

Plötzlich fühlte ich mich total beschissen. Nicht nur hatte ich ihm in diesem blöden Brief eine blöde Liebeserklärung gemacht und alles. Da waren noch tausend andere Sachen. Ich hatte ihn mit meinen lächerlichen Alltagsproblemen zugequatscht, während er die ganze Zeit echte Lebensprobleme mit sich herumschleppte. Ich war so was von bescheuert.

Ich wünschte mir noch mehr als sonst, er würde zur Tür reinkommen, damit ich ihm sagen konnte, wie leid es mir tat, dass ich mich so egozentrisch benommen hatte.

Katy redete immer noch.

»Weißt du, Meg – du musst immer mitbedenken, was sich in der Schule abgespielt hat.«

»Was genau?«

»Dass die Schule für ihn echt eine Folter geworden ist – das, was ich dir erklärt habe.«

»Woher wollen Sie denn so genau wissen, dass er sich in der Schule nicht wohl gefühlt hat?«

»Ich habe mit anderen Schülern aus der Klasse gesprochen.«

»Mit wem? Mit wem haben Sie gesprochen?«

»Ach Meg, dir ist doch klar, ich bin Therapeutin, ich kann dir solche Dinge nicht sagen, aber du weißt ja, unter Jugendlichen gibt es immer irgendwelche Rangeleien. Man macht sich lustig übereinander. Man verspottet die anderen. Irgendwelche Gemeinheiten werden auf das Schließfach geschrieben – und so weiter. Manche Schüler sind empfindlich, auch wenn sie nach außen vielleicht gar nicht so wirken. Soweit ich weiß, hat alles angefangen mit harmlosen ›Hänseleien‹, wie ich das immer nenne – aber mit der Zeit wurde es richtig unerfreulich. Es haben sich giftige Erniedrigungen daraus entwickelt. Wir können nicht sagen, wer konkret schuld war. Diese Dinge geschehen manchmal einfach so, und wenn sie erst in Gang gekommen sind, ist es schwer, etwas dagegen zu unternehmen.«

»Sie müssen mir schon ein bisschen genauer sagen, was Sie damit meinen«, flüsterte ich. »Ich muss das wissen. Ich bin seine Freundin.« Dabei klopfte ich mir auf die Brust und versuchte gleichzeitig, irgendwie aus dem Sitzsack herauszukommen. Leider vergeblich. Ich kam mir vor wie ein Käfer, der auf den Rücken gefallen ist. Halb liegend, halb sitzend fühlte ich mich hilflos und blöd.

»Es gibt keine zwingende Logik bei solchen Prozessen – aber in Oscars Fall war der auslösende Faktor die Sache mit dem Apfelkuchen. Oscar hat sehr gern Apfelkuchen gebacken, musst du wissen.«

»Das weiß ich doch. Klar weiß ich das! Aber was hat sein Apfelkuchen mit irgendwas zu tun?«

»Na ja – anscheinend fingen ein paar Leute an, sich über ihn lustig zu machen, nachdem er den Kuchen in die Schule mitgebracht hat.«

»Aber warum haben sie sich über ihn lustig gemacht? Sein Apfelkuchen schmeckt immer supertoll. Er besitzt magische Kräfte! Er hat schon Leute von allen möglichen Sachen geheilt. Ich kann mir nicht erklären, warum jemand sich deswegen über Oscar lustig gemacht hat.«

Katy hob ihren wunderschönen Zeigefinger, musterte mich streng und sagte: »Meg, es war nicht nur der Kuchen – da war noch etwas anderes. Es ging das Gerücht um, dass Oscar – nun ja, sagen wir mal –, dass er sich unangemessen verhalten hat.«

»Was soll das heißen?«

Und dann erzählte mir Katy Collopy die ganze Geschichte: Angeblich hatte Oscar mit seinem Teleskop in Paloma Killealys Zimmer gespäht – abends, wenn sie sich auszog. Das kam irgendwie heraus. Er lauerte ihr auf, hieß es, und weil die Leute Paloma inzwischen sehr gern hatten, waren alle auf ihrer

Seite und wollten sie beschützen. Weil niemand offiziell beweisen konnte, dass Oscar ein perverser Stalker war, stürzte man sich auf andere Dinge, und der Apfelkuchen bot sich irgendwie an. Er war der Vorwand, den alle benutzten, um Oscar das Leben zur Hölle zu machen: Sie schrieben gemeines Zeug auf sein Schließfach, sie tuschelten hinter seinem Rücken und starteten eine regelrechte Kampagne gegen ihn, denn er sollte auf keinen Fall bei der Talentshow die Schule vertreten.

»Dann war es Paloma!«, rief ich. »Ich hab's doch gewusst! Ich habe gleich gedacht, dass sie hinter dem Ganzen steckt – sie tut so, als wäre sie seine beste Freundin und als wäre sie total verzweifelt, weil er verschwunden ist – dabei ist sie diejenige, die vorher die ganze Zeit diese Lügen über ihn verbreitet hat. Wer war sonst noch beteiligt? Wer, außer Paloma, hat ihn so gequält, dass er jetzt – dass er jetzt ... verschwunden ist?«

»Bitte, Meg«, sagte Katy so ruhig, dass ich ganz wütend wurde. »Was hier in diesem Raum besprochen wird, ist streng vertraulich. Ich habe dir schon ein paarmal gesagt: Wenn ich dir mitteilen würde, wer was zu mir gesagt hat, dann würde ich gegen eine der zentralen Therapieregeln verstoßen. Und dazu bin ich nicht bereit. Ich habe dir das alles unter vier Augen mitgeteilt, weil ich glaube, du musst

Bescheid wissen, damit du verstehst, dass die Dinge manchmal komplizierter sind, als man denkt.

Und außerdem darfst du eines nicht vergessen: Paloma hat sehr viel durchgemacht, und ich will nicht, dass du alles noch schlimmer machst für sie. Sie ist unglaublich tapfer. Hast du gehört, wie sie sich für die Talentshow eingesetzt hat?«

Nein, sagte ich, davon weiß ich nichts.

»Dann hör zu. Als Oscar verschwunden ist, musste jemand für ihn einspringen. Paloma ist eine erstklassige Designerin, deshalb haben wir sie überredet, seinen Platz zu übernehmen. Zuerst sagte sie, nein, auf keinen Fall, sie sei so traumatisiert durch den Verlust, aber schließlich hat sie sich doch bereit erklärt, wofür sie große Anerkennung verdient. Sie legte vier Modedesigns vor – eins der Kleider hat sie sogar selbst vorgeführt. So elegant, so graziös, so kreativ! Sie machte ihre Sache hervorragend. Und es war wirklich eine Glanzleistung, dass sie ein paar Tage nach Oscars Verschwinden so souverän vor der Jury auftreten konnte. Man hat ihr überhaupt nicht angemerkt, wie sehr der Verlust sie berührt. Ehrlich gesagt, niemand hätte geahnt, wie unglücklich sie ist wegen Oscar. Das haben alle gesagt.«

»Vielleicht war das so, weil sie gar nicht unglücklich ist«, knurrte ich.

»Red keinen Unsinn. Paloma hat Oscar vergöttert. Und Oscar sie umgekehrt auch. Da bin ich mir wirklich absolut sicher. Die beiden haben sich sehr gut verstanden. Und es war nicht ihre Schuld, dass er … nun, sagen wir mal, dass er von ihr besessen war. Paloma selbst sieht das genauso. Sie sagt, das ist ihr schon öfter passiert. Ehrlich gesagt, kommt es gar nicht selten vor, dass Jungs sich sehr für sie interessieren.«

»Ach, jetzt reicht's!«, rief ich, und endlich schaffte ich es, mich aus dem Sitzsack zu befreien.

Kurz flackerte in Katys Augen so etwas wie Ärger auf, doch gleich wurde sie wieder betont ruhig und neutral, lächelte ihr kontrolliertes Lächeln, schaute auf die Uhr und verkündete, unsere Zeit sei um.

»Meg, vielleicht hast du Lust, noch ein-, zweimal zu kommen – aber andererseits –, wenn ich ehrlich bin, muss ich zugeben, dass ich nicht weiß, ob ich dir viel mehr helfen kann«, sagte sie kühl.

»Das sehe ich genauso«, erwiderte ich.

Katy erwähnte noch einmal, dass sie eine qualifizierte Therapeutin sei und dass ihrer professionellen Ansicht nach kaum Chancen bestünden, dass Oscar noch lebte. Meine Hoffnung sei eine Form von Verdrängung, und aufgrund ihrer beruflichen Erfahrung wisse sie, dass Verdrängung sehr destruktiv sein könne.

Ich gab mir große Mühe, mich und meine Stimme zu beherrschen, als ich sagte: »Hoffnung ist nie destruktiv. Hoffnung ist das, was uns am Leben erhält.« Ich meinte das ganz ernst. Man muss hoffen, so wie man atmen und Wasser trinken muss. Ohne Hoffnung würden wir uns alle vom Pier in die dunkle See stürzen.

Ich konnte nicht weiterreden. Katys Geschichten hatten mir einen ziemlichen Schrecken eingejagt. Ich strich meine Kleidung glatt, die vom Sitzen und Reden ganz zerknittert war.

»Ich kapiere immer noch nicht, wieso dieser ganze Quatsch ihn angeblich dermaßen unglücklich gemacht hat. Wie kann ihn so eine furchtbare Verzweiflung packen, nur weil diese bekloppten Gerüchte rumgehen – und auch noch so schnell, in weniger als einem halben Jahr?«

Ich starrte auf die unsympathischen Dinge hier im Raum – der wackelige Korbtisch, der immer, wenn ich dagegen stieß, sofort wegrutschte, die schimmernden Lichttupfer, die von Katys Diamantring ausgehend durchs Zimmer tanzten, der unbequeme Sitzsack, in dem man eigentlich gar nicht sitzen konnte.

Da sah ich die ganze Situation so, wie sie war: bedrückend, unangenehm und sinnlos – warum sollte ich mit einer Frau, die ich gar nicht kannte, über

Dinge sprechen, die ich nicht ertragen konnte und die ich nicht glauben wollte.

Katy sagte noch, sie hoffe, dass ich mit dem Ganzen irgendwie fertig werde.

»Vergiss nicht – die Tatsache, dass du seine Freundin warst, bedeutet noch lange nicht, dass du irgendwie schuld bist. Du kannst nicht die Verantwortung übernehmen. Auf keinen Fall!«, belehrte sie mich. »Viele Leute wissen, wie du dich fühlst, und jeder versteht, was in dir vorgeht.« Da hatte ich meine Zweifel, aber die Stunde war um, und ich wollte nur noch weg.

»Danke«, sagte ich. »Danke für Ihre Mühe.«

Ich ging zurück in meine Klasse, schockiert und stumm und wie erstarrt. In der Zwischenzeit hatte Mr Grimes alle dazu gebracht, für das Experiment, das vorher so viel Begeisterung hervorgerufen hatte, die entsprechenden Gasbrenner in Betrieb zu nehmen.

»Kann mir einer hier sagen, was mit ihm los war? Was ist eigentlich passiert? Als ich von hier weggegangen bin, war alles in bester Ordnung, und plötzlich gibt es diese idiotischen Gerüchte über Oscar, und alle sind gemein zu ihm und haben ihn gequält, und jetzt glauben alle, er ist tot? Das kann doch nicht wahr sein!«, schimpfte ich los, ganz laut, um das Zischen und Knattern der Gasbrenner zu übertönen.

Wie auf Kommando drehten sich sämtliche Schutzbrillen zu mir. Und auf einmal sahen meine Mitschüler nicht mehr aus wie normale Menschen. Sie sahen aus wie uniformierte Dämonen mit scheußlichen Fratzen. Gesichter, die ich nicht erkannte.

Das sechzehnte Stück

»Wofür schämst du dich denn, mein Junge?«, fragte Barney ganz erstaunt.

»Für ganz viele Sachen. In der Schule fanden mich auf einmal alle total blöd. Das lag zum Teil daran, dass sie meine Beziehung zu Paloma falsch eingeschätzt haben, aber es hatte natürlich auch damit zu tun, dass ich ein Totalversager bin – was mir aber erst neulich klargeworden ist. Niemand wollte mehr mit mir befreundet sein. Nicht mal Meg. Ich mache ihr keine Vorwürfe. An ihrer Stelle hätte ich auch keine Lust, mit mir befreundet zu sein. Jedenfalls nicht mehr.

Meg hat mir einen Brief geschrieben, in dem sie verschiedene Dinge klargestellt hat, und da kam ich mir auch vor wie ein Vollidiot. Dauernd musste ich über diesen Brief nachdenken. Ich wollte ihn vergessen, aber das ging irgendwie nicht. Der einzige Mensch, der noch mit mir redete, war Paloma. In der Schule hat sie sich mir gegenüber zwar ziemlich komisch verhalten, aber abends, wenn sie sich von Megs Fenster aus mit mir unterhalten hat, war sie immer nett. Richtig nett.

Die anderen haben angefangen, mich zu hassen. Das wurde immer schlimmer, und schließlich war es so, dass jeder, der meinen Namen sagte, so getan hat, als müsste er etwas Ekliges ausspucken. Und ich habe ganz lange nicht kapiert, warum. Aber jetzt weiß ich es.«

Barney sagte, kein junger Mensch habe es verdient, dass man so gemein zu ihm sei, und jemand wie ich schon gar nicht. Während wir über das alles redeten, hatte ich das Gefühl, als würde ich gleich anfangen zu weinen. Ich brauchte nur daran zu denken, schon kamen mir die Tränen. Barney sagte, wir müssten nicht weiterreden, wenn es mich zu sehr anstrengt.

Wir gewöhnten uns immer mehr aneinander, Barney und ich, und verbrachten die Nachmittage gemeinsam. Hinter dem Haus war ein großer alter Garten. Und so wie es aussah, war in seinem Leben alles ziemlich chaotisch und verdreht. Barney konnte nichts richtig ordnen. Sein Haus war ein grauenhaftes Durcheinander.

Gemeinsam fingen wir an aufzuräumen. Barney war nicht arm, obwohl er so wirkte. Er hatte massenhaft zerknitterte Geldbündel versteckt – in rostigen alten Keksdosen, die er in dem großen Küchenschrank verstaut hatte. Er sagte, er habe keinen Anlass gehabt, Ordnung zu schaffen, solange kein Mensch zu Besuch kam, aber nun sei ja ich da, und deshalb müsse er sich mehr zusammennehmen.

Ich sagte, meinetwegen solle er bitte keine Umstände machen, das sei nicht nötig, aber er erwiderte: »Nein, nein, ich muss in den sauren Apfel beißen. Du bist mein gutes Omen, mein Glücksbringer, und ich muss mich dementsprechend verhalten.«

Komisch, dass jemand mich mit Glück in Verbindung brachte – aber es gefiel mir, dass Barney mich so sah. Er bestellte einen Container und begann, ganz viel Krempel wegzuwerfen.

Er machte Feuer, und schon stieg eine dicke schwarze Rauchwolke auf.

Irgendwie fand er es richtig gut, gründlich aufzuräumen. Er sagte, Peggy wäre bestimmt sauer gewesen, wenn sie gesehen hätte, wie wenig er sich um alles kümmerte. Peggy war seine Frau, aber sie lebte nicht mehr. Überall hingen Bilder von ihr. Sie hatte Locken und lächelte auf allen Fotos, und sie hatte ein ziemlich hübsches Gesicht.

»Sie sieht nett aus«, sagte ich. Barney nickte ein paarmal, dann rannte er in die Küche, ohne mich anzuschauen, und murmelte unterwegs irgendwas von Tee kochen. Ich ließ ihn allein.

Im Flur waren bis zur Decke Zeitungen gestapelt. Sie waren teilweise völlig vergilbt und hatten Eselsohren. In der Küche war alles verkrustet, und die Schichten waren so kompakt, dass man nicht mehr sagen konnte, woraus sie ursprünglich bestanden hatten.

Hinter jeder Tür, die ich öffnete, bot sich das gleiche Bild: massenhaft Müll, ziemlich instabil geschichtet, so dass es gefährlich war, näher ranzugehen, weil man eventuell von einer Mülllawine zugedeckt werden konnte.

Auch wenn Barney plante, mir zu Ehren alles aufzuräumen, gab es doch einige Dinge, die er nicht entsorgen wollte. Allem Anschein nach hatte er seit 1963 keinen einzigen Fitzel Papier weggeworfen. »So ist das, wenn man in der Vergangenheit lebt«, meinte er.

Das Sortieren dauerte eine ganze Weile, und Barney sagte, wir könnten auch den »Abstellraum« dafür benutzen. Der war aber total vollgestopft mit Kram, und wir kamen nur sehr langsam voran. Immerhin einigten wir uns auf eine Maßnahme: Verdreckte Papierstapel, die zusammenklebten, weil sie nass geworden und überhaupt steinalt waren, nutzten niemandem und konnten demzufolge weggeschmissen werden. Nachdem das geschafft war, sagte er, das nehme ihm eine große Last von der Seele. Peggy hätte ihn umgebracht, weil sich so viel Zeug angesammelt hatte.

Homer war am Anfang ziemlich misstrauisch, und jedes Mal, wenn Barney etwas in den Container warf, bellte er laut los. Mit der Zeit beruhigte er sich aber. Er hatte sich angewöhnt, auf meinem Bett, das wir aus Polsterteilen, Decken und Kissen zusammengebastelt hatten, zu schlafen. Wenn Barney sich mitten in der

Nacht auf den Weg machte, blieb Homer bei mir, und sobald ich mich bewegte, wedelte er mit dem Schwanz, als wollte er mir zu verstehen geben, dass er sich über meine Anwesenheit freute und dass er nicht vorhatte, wegzugehen.

Auf einem großen Regal entdeckte ich zwischen zwei Büchern einen alten Zettel mit einem Rezept von Peggy. *Peggys Limonade* stand darauf. Ich fand, das Rezept klang ziemlich gut, und bald darauf kam Barney jeden Abend mit irgendwelchen Tüten nach Hause, und am Morgen stellte ich fest, dass er solche Dinge wie braunen Zucker und Zitronen gekauft hatte und außerdem die ganzen Zutaten für meinen Apfelkuchen, um die ich ihn gebeten hatte.

Hinter dem Haus befand sich, etwas versteckt, ein alter Schuppen, aus dem wir den verrosteten Rasenmäher ans Tageslicht beförderten. Es dauerte alles ganz schön lange, und ich will nicht behaupten, dass wir bei einem Wettbewerb den ersten Preis für den am besten gepflegten Garten gewonnen hätten, aber auch diese Aktion trug dazu bei, dass alles immer ordentlicher und überschaubarer und weniger chaotisch wurde. Es herrschte nicht mehr dieses verrückte Durcheinander, und der Container füllte sich zusehends mit Müll.

Immer wieder erwähnte Barney ganz nebenbei,

dass ich bestimmt vermisst würde und dass sein Haus hier nicht unbedingt der ideale Ort für einen Jungen sei, der Hilfe brauche. Aber ich antwortete dann, alles sei gut so.

»Ich kann nicht nach Hause«, sagte meine Stimme jedes Mal, wenn er erwähnte, dass die Leute sich garantiert Sorgen machen würden, weil ich verschwunden war. Ich wünschte mir, alles wäre ein bisschen einfacher. Ich wünschte mir, ich könnte zurück zu meinem Fenster, mich hinauslehnen und mit Meg reden, so wie früher. Ein Teil von mir überlegte, ob ich mich von Barney verabschieden sollte, den Hügel hinuntergehen und zu meiner Familie zurückkehren, so wie er es vorschlug. Aber manche Menschen können nicht nach Hause gehen, und die Gründe dafür kann man nicht mit drei schlichten Sätzen erklären. Als ich Barney das sagte, nickte er und sagte, er verstehe, was ich meine.

Ich erzählte ihm von meinem Vater und dass er seit dem Tod meiner Mutter immer stiller geworden war. In letzter Zeit hatte ich sogar das Gefühl gehabt, dass er überhaupt nicht mehr redete. Im Lauf der Zeit war mein Dad in ein graues Schweigen versunken, und ich hatte mich schon oft gefragt, ob er da je wieder herauskommen würde.

Diese Veränderung war natürlich nicht von heute auf morgen gekommen, aber als sie abgeschlossen war, mussten seine Freunde zweimal hinsehen, bevor sie ihn auf der Straße begrüßten. In den Läden erkannten ihn die Leute nicht mehr, und sogar meine Lehrer fragten: »Ist das dein Vater?«, wenn er in seinem abgetragenen Mantel auf dem Schulhof stand und auf mich wartete. Es war peinlich.

Später, als ich in die Secondary School kam und mit dem Fahrrad in die Schule fuhr, konnte Stevie auch keine Verbesserung erkennen. Wenn Dad ihn von der Schule abholte, redete er mit keiner Menschenseele, und er erwiderte auch nichts, wenn jemand Hallo sagte. Er stand nur da, die Hände in den Taschen vergraben, und merkte nicht einmal, wenn es anfing zu regnen und das Wasser ihm schon von Nase, Kinn und Ohrläppchen tropfte.

»Also gut«, meinte Barney. »Wir müssen eine Liste zusammenstellen, und du, junger Mann, musst einen Plan machen.« Ich wollte keinen Plan machen – ich konnte mir nicht vorstellen, wie irgendein Plan mich aus der Lage herausholen sollte, in der ich steckte. Aber ich sagte zu Barney, ich würde ihm weiterhin mit dem Haus helfen. Das war doch ein relativ guter Anfang, fand ich, wenn man bedachte, in was für einer miserablen Verfassung ich mich befunden hatte. Was noch gar nicht so lange her war. Und ich hoffte, dass wir noch weiter aufräumen konnten. Wenn ich mich richtig unentbehrlich machte, dann vergaß er vielleicht, mich nach Hause zu schicken.

Ich erzählte ihm, dass das Auto, welches Dad nach dem Unfall gekauft hatte, immer lauter geworden war, genau im umgekehrten Verhältnis zu Dads zunehmendem Schweigen. Es machte mich wahnsinnig. Wir knatterten nach Hause, weil der Auspuff kaputt war, und Dad sagte kein einziges Wort.

Ich hatte immer wieder versucht, ihn zum Reden zu bringen. Weil ich hoffte, dass die Wolke, die ihm überallhin folgte, sich vielleicht heben würde, wenn er anfing zu sprechen. Ich konnte mich kaum an das Gesicht meiner Mutter erinnern, obwohl mein Vater alles tat, was in seiner Macht stand, um die Erinnerung lebendig zu halten. Statt mir eine Geschichte vorzulesen, bevor ich ins Bett ging, saß er Abend für Abend vor demselben großen Buch. In diesem Buch stand kein einziges Wort. Es enthielt nur Fotos von meiner Mutter. Mit der Zeit dachte ich, dass das Innere meines Vaters genauso aussah. Keine Worte. Nur Bilder von Mum. Schweigend blätterte er von einer Seite zur nächsten, bis er bei der letzten angekommen war, dann küsste er mich auf die Stirn und machte das Licht aus. Bilder von der Mutter sind nicht dasselbe wie die Mutter selbst. Ich hatte ihren Geruch vergessen, ich wusste nicht mehr, was für ein Gesicht sie machte, wenn sie ins Zimmer kam, oder wie ihre Stimme klang. Ich erinnerte mich nur an die Fotos – zweidimensionale, stumme, schemenhafte Bilder.

Ich gab mir große Mühe mit Dad. Ich überlegte immer, was ich sagen könnte. Am besten irgendetwas, was ihn zum Lachen brachte. Lustige Erlebnisse aus der Schule, interessante Fakten, die ich von den Lehrern gelernt hatte, merkwürdige Fragen zum Zustand der Welt.

Für mich sah die Sache so aus: Als mein Vater meine Mutter verlor, hat er auch seine Stimme verloren. Das einzig Positive war, dass er wahnsinnig ordentlich wurde. Wie ein Geist ging er stumm durchs Haus und räumte alles auf.

Nach und nach erzählte ich Barney praktisch alles – ich erzählte ihm nicht nur von Megs Brief und von Dad und seinem Schweigen und von Stevie, sondern auch den ganzen Rest. Und weil es im Haus weder einen Fernseher noch einen Internetanschluss gab, redeten wir sozusagen die ganze Zeit. Barney war Raucher, was ich nicht so gut fand. Als ich ihm das sagte, entschuldigte er sich überschwänglich. Von da an ging er nach dem Abendessen in den Garten, und ich sah ihn draußen stehen, umgeben von einer Rauchwolke wie von einem Heiligenschein.

Ich hatte eigentlich keine Lust gehabt, über das Apfelkuchen-Fiasko zu reden, aber, wie gesagt, Barney war ein guter Zuhörer.

Das Fernsehteam hatte einen Vorbesuch in unserer Schule gemacht, um alles zu planen. Sie waren auf der Suche nach Geschichten über normale Jugendliche, die Außergewöhnliches leisteten.

»Dieser Junge hat Talent bis in die Fingerspitzen«, sagte Mr O'Leary, nachdem ich eines Tages einen Apfelkuchen in die Schule mitgebracht hatte. Das hatte ich nur getan, weil mein Vater sein übliches Schweigen durchbrochen und vorgeschlagen hatte, dass ich genau das tun solle. Und nun musste ich allen anderen vorführen, wie ich den Apfelkuchen mache, und später sollte ich dann in der Talentshow auftreten. Komischerweise hatte ich im Grunde keine große Lust dazu. Immer wieder versicherte ich den anderen, dieser Kuchen sei gar nichts Besonderes, sondern total durchschnittlich, und ich sei mir gar nicht sicher, ob sich jemand dafür interessieren würde. Ich sagte, sie sollten doch lieber jemanden suchen, der ein auffälligeres Talent besaß. Aber das wollte niemand hören. Alle bestanden darauf, dass ich es mache. Fototermine wurden angesetzt, in der Schule hingen überall Plakate, und Paloma redete nicht besonders viel mit mir darüber, jedenfalls nicht, nachdem die Entscheidung gefallen war.

Ihre Mutter kam in die Schule, um mit Mr O'Leary zu sprechen. Sie redete laut und schrill und direkt vor allen Leuten. Sie sagte: »Was denken Sie sich eigentlich? Meine Tochter gehört zu den begabtesten jungen Menschen im ganzen Land, und dieser Wettbewerb wäre die ideale Gelegenheit für sie, aber stattdessen wählen Sie so einen kleinen Spinner aus, der nichts als Kuchenbacken im Sinn hat. Ich muss schon sagen – Sie und ich, wir wissen doch beide, dass das nicht gerade die Art von Aktivität ist, mit der die Schule punkten kann! Im Gegenteil, die Aktion wird ein ziemlich schräges Licht auf Sie werfen. Dabei sitzt direkt vor Ihrer Nase dieses phantastische Mädchen. Ich bitte Sie – nehmen Sie doch Vernunft an!«

Mr O'Leary forderte Palomas Mutter auf zu gehen, da sie nicht befugt sei, so zu reden, aber alle hatten ihre Predigt gehört. Und wenn etwas einmal gesagt wurde, kann man nicht so tun, als wäre es nicht gesagt worden. Man kann es versuchen, aber es bleibt trotzdem in den Köpfen.

»Teig selbst machen, kein Fertigprodukt – Butter und Mehl und Zucker langsam kneten, mit kühlen Händen. Bramley-Äpfel, geschält und in feine Scheiben geschnitten, mit einem extrem scharfen Messer – Äpfel darf man nicht mit einem stumpfen Messer schneiden, dann kann man gleich einen Löffel nehmen –, die Scheiben müssen knackig und flach sein. Zimt, direkt aus der Zimtrinde, ein bisschen Muskat, braun und würzig, frisch abgerieben von einer ganzen Muskatnuss.«

So hatte meine Großmutter es mir beigebracht.

»Man braucht Geduld, man braucht Geschick, und man muss sich in einen speziellen inneren Zustand begeben. Aber ohne die richtigen Zutaten hat es gar keinen Sinn anzufangen. Dann sollte man lieber etwas anderes tun.«

Allgemeines Geflüster und Geraschel. Andy und Greg machten hinten in der Klasse Furzgeräusche, obwohl sie eigentlich dabei waren, die ganze Aktion zu filmen. Paloma machte träge Augenaufschläge, wie immer. Und ein paar andere Mitschüler, zum Beispiel Christina Bracken und Paul Campion, ließen ihre Kaugummis knallen und starrten böse auf meine Demonstration.

»Apfelkuchen? Oscar, das ist doch der totale Quatsch«, rief jemand in der letzten Reihe, aber ich machte weiter, und Mr O'Leary ermahnte die Klasse immer wieder: »Pssst, Ruhe, zeigt ein bisschen Respekt! Und passt genau auf.« Als würden solche Ermahnungen etwas nützen. Wenn eine ganze Klasse beschlossen hat, jemanden fertigzumachen, kann man nicht viel dagegen tun.

»Bitte, Oscar – fahr fort.«

»Um verschiedene Zutaten so zu vermischen, dass das Endergebnis wirklich lecker schmeckt, ist eine Art von Alchemie nötig. Und das ist nicht allen Leuten klar.«

»Allerdings«, sagte Mr O'Leary und blickte strafend in die Runde. »Das ist nicht allen Leuten klar.«

»Ein normal großer Apfelkuchen sollte problemlos für sechs Personen reichen«, fuhr ich fort. Ich wollte die Aufzeichnung nicht ruinieren, und da ich nun mal angefangen hatte, fand ich es richtig, die Sache zu Ende zu bringen.

»Die Butter muss blassgelb, frisch und ungesalzen sein, und man nimmt am besten braunen Zucker, diese fast feuchte Sorte, die sich langsam überschlägt, wenn man sie in die Mischung löffelt. Ungefähr so. Seht ihr?

Die Äpfel sollten noch bissfest sein, auch nach dem Kochen. Der Teig muss extrem leicht sein, damit er im Mund quasi schmilzt. Wenn man sich die nötige Zeit nimmt und sich richtig konzentriert, dann kommt am Schluss das hier heraus.«

Ich holte einen Kuchen hervor, den ich schon vorher gebacken hatte.

»Sehr gut, Oscar, wirklich ausgezeichnet. Erzähl doch noch ein bisschen, wie du auf diese Idee gekommen bist. Wer hat dich angeleitet, dich inspiriert? Wer hat dir das alles beigebracht?«

Da sah ich Dads Fotoalbum von meiner Mutter vor

mir, und ich dachte an ihre Mutter, also meine Großmutter, und plötzlich stieg eine große Traurigkeit in mir hoch, wie das manchmal geschieht, wenn man gar nicht damit rechnet. Aber ich redete weiter:

»Bei allem, was man tut, muss man das Wesen der Dinge beachten. Vor allem beim Kochen. Die Zutaten sollten einen Teil ihres früheren Selbst, ihrer früheren Eigenschaften bewahren, hat meine Großmutter immer gesagt. Sie lebt nicht mehr, aber ich kann mich an alles, was sie mir beigebracht hat, genau erinnern. Sie hat mich dazu inspiriert, jahrelang zu üben. Ich war ja noch ziemlich klein, aber sie hat mir nichts durchgehen lassen.

›Oh, das ist aber nicht so, wie es sein soll‹, hat sie bei meinen ersten Versuchen gesagt.

Und später: ›Besser als das letzte Mal, würde ich sagen.‹

Und dann: ›Oscar, ich glaube, du bist fast am Ziel.‹

Schließlich habe ich es geschafft, weil ich es einfach immer wieder versucht und nicht aufgegeben habe. Ich wusste: Jetzt kann ich es. Ich wusste es, noch bevor meine Großmutter es bestätigt hat. Sobald ich den Kuchen aus dem Backofen geholt hatte, war es mir klar, weil er genau richtig aussah: golden und glänzend und würzig und schmackhaft. Ich war angekommen. Meine Großmutter wollte ihre spezielle Silbergabel haben, um den Kuchen zu probieren. Dann hat sie in die Hände geklatscht, hat mir tief in die Augen geschaut und gesagt: ›Oscar, mein lieber Junge!‹

Eine Stunde später war sie tot. Zu viel Freude kann für den gebrechlichen Körper einer alten Frau offenbar tödlich sein. Das hat mein Vater gesagt.«

Aus den hinteren Reihen hörte ich schallendes Gelächter.

»Ich kann es kaum ertragen, dass am Ende alle sterben müssen oder weggehen«, hörte ich mich selbst sagen, ganz leise, weil ein Teil von mir nicht wollte, dass irgendjemand mich hörte. »Ich kann den Gedanken nicht ertragen, dass ich vielleicht meine Großmutter umgebracht habe, auch wenn alle gesagt haben, dass das nicht stimmt. Andererseits finde ich es tröstlich, dass ihre letzten Minuten versüßt wurden durch braunen Zucker, Gewürze und den Geschmack perfekt zubereiteter Äpfel.«

In der Klasse war es still, aber die Jungen hielten sich jetzt den Mund zu. Ich blickte mich um. Weil ich die ganze Angelegenheit so schnell wie möglich abschließen wollte, sagte ich: »Vielen Dank, das war's, ich bedanke mich fürs Zuhören.«

Und danach lachte die ganze Klasse. Ich ging langsam aus dem Zimmer, ohne jemanden anzuschauen. Unterwegs schnappte ich mir die Kamera von Andy und Greg. Ich nahm die Speicherkarte heraus und spülte sie das Klo hinunter.

Paloma wollte mir nachlaufen, erzählte sie mir später, aber sie wusste nicht, was sie sagen sollte. Ich hörte Mr O'Leary rufen: »Ruhe, bitte! Alle bleiben sitzen, während ich mit Oscar rede. Verstanden?« Paloma erzählte mir, dass Mr O'Leary, bevor er den Raum verließ, noch zu Andy und Greg sagte, sie sollten nicht wegen ihrer wertvollen Speicherkarte hinter mir herrennen. Daraufhin machten Andy und Greg einen Wettlauf nach vorne zum Pult, rissen meinen Apfelkuchen in Stücke und stopften sie sich dann alle in den Mund. Paloma sagte, sie habe gesagt, sie sollten etwas für mich übrig lassen, aber die beiden hätten nicht auf sie gehört.

»Er will doch, dass wir seinen Kuchen essen«, sagten sie. »Sonst hätte er ihn nicht in die Schule mitgebracht!« Als ich zurückkam, war der ganze Kuchen weg.

Danach hatten wir eine Doppelstunde Mathe. Ich saß nur da und starrte an die Wand, schaute keinen an und meldete mich nicht, wenn Mrs Fortune Fragen stellte, auch wenn ich die Antwort wusste.

Als wir später zusammen nach Hause gingen, sagte Paloma zu mir, am besten solle ich diese blöde Apfelkuchengeschichte vergessen.

Ich schaute sie an, und plötzlich sah ich, worüber alle anderen schon die ganze Zeit geredet hatten. Ich dachte, wenn ich sie küssen würde, dann wäre das vielleicht eine gute Strategie, um Meg und die Katastrophe mit dem Apfelkuchen und überhaupt alles zu vergessen.

Und als wir an unsere Ecke kamen, versuchte ich mein Glück. Ich versuchte, Paloma Killealy zu küssen. Aber sie drehte sich weg und sagte:

»Oscar, es ist zu spät. Es kommt auf den richtigen Zeitpunkt an. Ich habe dir eine Chance gegeben, aber du hast sie verpasst. Paloma Killealy gibt jedem nur eine Chance. Du bekommst keine zweite, nur weil du's dir anders überlegt hast. Tut mir leid, Oscar, aber in meiner Welt geht so was nicht. Und außerdem hat sich ja alles verändert, was die Ratio betrifft. Als ich hierhergekommen bin, dachte ich, du bist einer der Alpha-Jungs. Aber jetzt? Jetzt wissen wir alle, dass das nicht stimmt. Ich kann nur mit einem Jungen gehen, der im Alpha-Team ist, wenn du verstehst, was ich meine.«

Ich weiß, das klingt alles ziemlich eitel und eingebildet, aber in dem Moment dachte ich, sie hat recht. Schließlich war sie diejenige, die sich mit der Ratio auskannte, nicht ich. Und es wäre nicht gut für sie, wenn sie gerade jetzt in der Anfangsphase einen schweren Fehler begehen würde, also mit mir und meinem Apfelkuchen und so weiter. Und weil ja die ganze Klasse nichts mehr mit mir anfangen konnte. Ich konnte das verstehen.

Ich fragte sie, ob wir trotzdem Freunde bleiben könnten, und sie flötete los: »Aber natürlich, Oscar, selbstverständlich können wir Freunde bleiben, aber ich würde vorschlagen, wenn wir in der Schule sind, dann spielen wir das mit der Freundschaft ein bisschen mehr herunter, okay?«

Ich kam in der Situation gar nicht auf die Idee, dass man bei einer Freundschaft eigentlich keine solchen Bedingungen stellt, wie Paloma das auf einmal tat. Wenn man mit jemandem außerhalb der Schule befreundet ist, dann sollte man auch in der Schule befreundet sein, oder? Aber Paloma duldete keinen Widerspruch, deshalb sagte ich: »Okay, Paloma, wie du meinst.«

Barney sagte, seiner Meinung nach sei man entweder befreundet oder nicht. Bedingungen dürfe es da keine geben – man sollte nie gezwungen sein, eine Freundschaft zu erklären oder zu rechtfertigen.

»Sind das die Gründe, weshalb du nicht mehr leben wolltest, Oscar?«, fragte er dann. Und ich sagte: »Nein.« Und er sagte, mir müsse klar sein, dass die Leute in der Stadt Theorien über mich hätten und dass die meisten denken würden, bestimmt hinge alles mit dem hübschen Mädchen zusammen. Und ich fragte: »Wie meinst du das?«, und er sagte, die Welt glaube immer sehr gern, dass Jungen sich wegen hübscher Mädchen umbrächten, die ihre Liebe nicht erwidern.

Und ich sagte, das sei nicht der Grund, sondern etwas anderes.

»Es ist etwas ganz Bestimmtes passiert, und deswegen kann ich nie mehr zurück.«

»Willst du mir davon erzählen?«, sagte er sanft, fügte aber wieder hinzu, er wolle mich nicht unter Druck setzen. Und ich sagte: »Ja, ich will es erzählen.«

Ein paar Abende vor der Sache mit dem Apfelkuchen kam Palomas Mutter zu uns, um sich vorzustellen, und sie stürzte sich regelrecht auf meinen Vater. Zuerst schaute er sie gar nicht richtig an und sagte kaum etwas, obwohl sie ihm tausend Fragen stellte. Und ich dachte insgeheim: *Dad, könntest du dich bitte ein einziges Mal benehmen wie ein normaler Mensch?* Aber als sie das nächste Mal vorbeikam, war Dad ein bisschen gesprächiger, und nach ihrem dritten Besuch sagte er, sie mache doch einen sehr netten Eindruck.

Aber Barney, ich sage dir gleich, dass ich sie nie richtig leiden konnte. Sie hat immer ganz laut geseufzt, wenn sie Stevie sah, als wäre er der traurigste Anblick auf der ganzen Welt.

»Ist er im Rollstuhl auf die Welt gekommen?«, fragte sie mich, als säße Stevie nicht direkt vor ihr.

»Nein«, antwortete ich hilfsbereit. »Er ist nicht in einem Rollstuhl auf die Welt gekommen. Ich glaube, eigentlich kommt niemand in einem Rollstuhl auf die Welt. Man kriegt einen, wenn man einen braucht, aber erst nach der Geburt.« Diese Antwort fand sie maßlos witzig, jedenfalls lachte sie sehr viel länger, als irgendjemand über irgendetwas lachen sollte.

Und dann hat sie gesagt: »Bill, Sie müssen unbedingt mal zu uns zum Essen kommen«, aber Dad antwortete: »Lieber nicht, vielen Dank und alles, aber ich lasse die Jungs abends nicht gern allein.« Und sie sagte: »Ich habe eine Idee!«, als hätte sie gerade den größten Geistesblitz aller Zeiten gehabt. »Ich bringe etwas zu essen mit. Sagen Sie einfach, welcher Abend Ihnen passt, und ich übernehme den Rest!« Und mein Vater murmelte irgendetwas vor sich hin und sagte dann: »Okay, dann geben Sie mir doch Ihre Nummer, und ich schicke Ihnen eine SMS.«

Das sollte sich als ein Riesenfehler herausstellen, denn selbstverständlich fragte sie ihn dann umgekehrt nach seiner Nummer und schickte ihm eine Woche lang jeden Tag eine SMS. Nach und nach kapierte mein Vater, dass er diese Frau nicht länger ignorieren konnte.

Am folgenden Freitag kam sie mit einem Abendessen für alle anmarschiert. Sie war mehr oder weniger die Einzige, die redete. Sie spülte sogar das Geschirr, und als wir gerade dachten, wir hätten es überstanden, lud sie sich wieder ein. Paloma erwähnte sie so gut wie gar nicht, sie sagte nur, dass sie lernen müsse, was ich bei ihr noch nie beobachtet hatte – weder in der Schule noch zu Hause.

Beim nächsten Mal brachte Mrs Killealy außer dem Essen noch zwei Flaschen Sekt mit, und Dad war so nervös, dass er den Sekt in sich hineinkippte, so wie man Wasser trinkt, wenn man extrem durstig ist. Und die beiden redeten und redeten und redeten den ganzen Abend.

Mrs Killealy hatte sehr klare Ansichten darüber, wie man erfolgreich ein Geschäft führt:

»Im Leben bringt man es nur zu etwas, wenn man seine Rivalen ausschaltet. Man muss sie vernichten. Sie wegfegen, mit allen zur Verfügung stehenden Mitteln. Dann kommt man ans Ziel.«

Sie funkelte richtig vor lauter Diamanten: an den Ohren, um den Hals, an den Fingern. Und sie fletschte die Zähne zu einem aggressiven Lächeln, und sie nickte mit dem Kopf, während sie hinter meinem Dad stand, mit ihren knochigen Fingern seine Schultern packte und sie drückte.

Sie fletschte auch beim Reden gern die Zähne, und wenn sie etwas besonders unterstreichen wollte, dann beugte sie sich vor, blickte meinem Vater tief in die Augen und haute mit ihrer knochigen Faust auf den Tisch, dass der Pfefferstreuer wackelte.

Und ich schwör's: Die Sonne ging schon auf, als Mrs Killealy endlich ging. Keine Ahnung, worüber die beiden gesprochen haben, aber ich weiß, dass mein Vater geweint hat. Er weinte vor Palomas Mutter, die übrigens geschieden ist, was Paloma mir gegenüber nie erwähnt hat. Jeder konnte es sehen: Diese Frau wollte sich meinem Vater an den Hals werfen.

Zuerst fand ich das gruselig, aber dann kam mir der Gedanke, dass es vielleicht gar nicht so schlecht wäre. Meine Mutter war schon lange tot. Mein Dad hatte mittlerweile mit Mrs Killealy mehr gesprochen als mit sonst irgendjemandem. Seit Jahren. Ich erfuhr nicht, worüber die beiden geredet hatten – bis ich versuchte, Paloma zu küssen. Weißt du, Barney, im Zusammenhang mit dem Tod meiner Mutter gibt es etwas, was ich nicht gewusst habe, aber jetzt weiß ich es, und deshalb kann ich nicht zurück, und du kannst mich nicht zwingen.

Barney sagte, er würde nicht im Traum daran denken, mich zu irgendetwas zu zwingen. Ich müsse aus freiem Stücken handeln. Und ich sagte Danke.

Das siebzehnte Stück

Wenn man am Meer aufwächst, erlebt man eine Form von Magie, die einen nie mehr loslässt. Der schimmernde Silberglanz salziger Morgenstunden bleibt einem in den Knochen. Das Klappern der Fenster in einer Winternacht schärft die Sinne. Die ruhige blaue See besitzt eine enorme Kraft und kann sehr trügerisch sein. Ich weiß, wie schnell sich stilles Wasser in ein schwarzes, tosendes Gebirge verwandeln kann.

Es konnte kein Zufall sein, auch wenn manche das meinten. Paloma Killealy ging mir eindeutig aus dem Weg.

Ich versuchte immer wieder, sie zur Rede zu stellen. Ich wollte ihr eine Tonne Fragen stellen. Ich musste unbedingt mit ihr sprechen – über ihre Zeit mit Oscar, über die Gerüchte, die dann die Runde gemacht hatten –, vielleicht kam ich so dahinter, was eigentlich passiert war. Ich lief in der Schule herum und suchte sie, und an dem Tag, an dem ich bei Katy Collopy war, sah ich nach der Sitzung, wie ihre schlanken Beine durch die Schulpforten eilten, und ihre Haare wehten wie immer.

Ich hatte genug davon, sie zu suchen. Nach dem Unterricht schickte ich Stevie eine SMS und sagte ihm, ich würde jetzt einfach bei ihr vorbeigehen.

Das heißt, es war ja immer noch unser Haus, aber ich wohnte nicht dort. Ich klopfte mit der Faust an die Tür, und als das nichts half, hämmerte ich ein paarmal dagegen. Dann hörte ich das vertraute Geräusch unserer Haustür, und schon stand Paloma vor mir.

Den Ausdruck auf ihrem Gesicht konnte ich nicht deuten: die Lippen zusammengepresst, die Stirn gerunzelt und die Augen nur halb geöffnet, als würde sie in grelles Licht blicken. Sie machte einen Schritt auf mich zu und umarmte mich.

»O Meg!«, sagte sie halb flüsternd. »Ich bin so dankbar, dass du vorbeikommst. Wie lieb von dir, dass du mir in dieser schwierigen Zeit beistehst. Das ist sehr wichtig für mich, musst du wissen.«

Ich hatte einiges erwartet von meiner ersten Begegnung mit Paloma Killealy, aber die zwei Dinge, mit denen ich am wenigstens gerechnet hatte, waren Zuneigung und Dankbarkeit.

Und dann nahm sie mich an der Hand, als wäre

ich ein kleines Kind, führte mich in meine eigene Küche und lud mich ein, auf einem der Küchenstühle unserer Familie Platz zu nehmen, an dem Tisch, in dessen Unterseite Oscar und ich unsere Namen geritzt hatten, als wir noch ganz klein waren. Und ich sagte: »Bitte, Paloma – bitte, sag mir, was ist ihm passiert?«

Mein Handy klingelte, aber ich drückte den Anruf weg.

Ich kam mir vor, als würde ich hypnotisiert. Was für ein komisches Gefühl, eine Fremde an meinem eigenen Küchentisch zu sein. Paloma hatte ein wunderschönes Lächeln – als ich es sah, konnte ich mir unmöglich vorstellen, dass sie jemals irgendjemandem ein Leid zufügen würde.

Sie sagte, dass sie immer versucht habe, alles richtig zu machen. Sie habe versucht, ihn vor den Angriffen der anderen zu schützen.

»Ich habe mir solche Mühe gegeben und ihm ein paar soziale Grundregeln erklärt, die er von sich aus nicht begriffen hat. Ich dachte, ich kann ihm ein bisschen Feedback geben und ihn in die richtige Richtung lenken. Aber er hat sich selbst im Weg gestanden. Immer hat er diesen Apfelkuchen gebacken. Jetzt mal ehrlich – wer tut denn so was?

Kennst du sonst noch einen Jungen, der seine Freizeit damit verbringt, irgendwelches Zeug zu backen? Das ist doch nicht normal. Andy und Greg haben diese total alberne Apfelkuchen-Präsentation aufgenommen, samt der Rede über seine toten Verwandten, und sie wollten das Ganze in YouTube stellen. Ich habe ihm gesagt, dass es meiner Meinung nach am besten wäre, wenn er mit dem Apfelkuchenbacken aufhört. Weil das einfach zu abwegig ist. Ich habe wirklich gedacht, ich tue ihm damit einen Gefallen.«

Paloma fragte mich, ob ich mit ihr ins Wohnzimmer gehen wolle. Sie zeigte mir den Weg – als wüsste ich nicht, wo das Wohnzimmer ist. Wir standen eine Weile vor dem Kamin, und sie redete ohne Pause davon, wie eng sie sich mit Oscar verbunden gefühlt habe. Sie habe ihm verziehen, dass er so seltsam war, und ansonsten sei er echt ein guter Freund gewesen. Jetzt vermisse sie ihn so sehr und hoffe inständig, dass es nicht ihre Schuld sei.

Ich hasste mich selbst, und ich hasste mein eifersüchtiges, abscheuliches Herz. Eifersucht bringt doch nichts, und jetzt sowieso nicht! Paloma war sehr schön. Oscar hatte recht gehabt – ihre Haare waren wirklich goldblond. Ihre Haut war so weich, dass sie schimmerte. Allmählich kam ich zu der Überzeugung, dass sie an nichts schuld war. Ich wollte sie nicht länger belästigen. Bevor ich ging, entschuldigte ich mich noch für die Störung.

Da stieß sie einen leisen Schrei aus. »O Meg!«, rief sie, ließ sich auf unser Sofa fallen und begann zu schluchzen.

»Aber – warum weinst du so?«, fragte ich sie.

»Meg, ich bin tatsächlich an allem schuld, musst du wissen, und mit dieser Schuld muss ich nun schon die ganze Zeit leben. Ich habe keinen, mit dem ich darüber reden kann – wenn es die Leute erfahren, dann denken sie nämlich alle schlecht von mir.« Sie legte ihren Kopf in meinen Schoß und schluchzte weiter. Ich strich ihr über die goldenen Seidenhaare, und ich hatte Mitleid mit ihr, weil sie wirklich sehr traurig schien. Ich fragte sie, ob sie mir erklären könne, wie sie das meine?

»Oscar war hoffnungslos verliebt.«

»In wen?«

»Was denkst du?« Sie legte die Stirn in Falten, strich sich die Haare aus dem Gesicht und reckte ihren langen Hals.

»Keine Ahnung.«

»In mich natürlich! Ich glaube, ich habe ihm das Herz gebrochen. Weil sonnenklar war, dass zwischen mir und Oscar nie was laufen würde. Ich weiß nicht, ob du es schon gehört hast, aber Andy und ich sind jetzt zusammen, und – ach Gott, der arme

Oscar –, ich weiß, er war total verknallt in mich, sogar ein Blinder konnte das sehen, aber … ich hätte nie gedacht, dass er deswegen … Meg, und dann hat er angefangen, sich extrem seltsam zu verhalten. Mir sind verschiedene Sachen an ihm aufgefallen. Ich meine – er war echt beliebt, als ich hierhergekommen bin, aber dann – dann hat sich herausgestellt, dass er ein Freak ist. Er hat mir Angst eingejagt.«

»Wie denn?«

»Er hat mich beobachtet – in meinem Zimmer, wenn ich ins Bett gegangen bin. Mit seinem Teleskop, damit er mich besser sehen kann. Er ist in meine Privatsphäre eingedrungen. Aber – weißt du, ich hab das verstanden. Und ihm verziehen.«

»Du erfindest das doch! Oder du hast es dir eingebildet! Es klingt überhaupt nicht nach Oscar. Jedenfalls nicht nach dem Oscar, den ich kenne.«

»Du kannst gern die anderen fragen. Ich bin ja nicht die Einzige. Ganz viele Leute fanden, er verhält sich merkwürdig.«

»Ganz viele Leute? Wer zum Beispiel?«

»Vor allem Andy und Greg, aber auch noch andere. Ich habe versucht, ihm etwas beizubringen. Ich habe versucht, ihm zu helfen, Meg, ganz ehrlich.«

Eine Welle schwappte über mich hinweg, als würde plötzlich ein eisiger Wind wehen.

Vielleicht hatten die anderen ja doch recht. Vielleicht war Oscar tatsächlich tot. Tot, weil er unsterblich in ein Mädchen verliebt war, das seine Liebe nicht erwiderte.

Als ich mich verabschiedete, umarmten wir uns wieder im Flur. Ich spürte Trost und Wärme. Sogar Palomas Geruch war wunderschön. Erdbeeren, Mandeln und Rosen – danach duftete Paloma Killealy. Gute Düfte, reine Düfte, und lauter Dinge, bei denen man eigentlich nicht misstrauisch sein konnte.

Aber bevor ich zur Haustür hinausging, überkam mich ein Frösteln. Irgendetwas war da zwischen uns, was uns trennte. Etwas Verborgenes. Etwas Grausames.

Als ich nach Hause kam, machte ich mein Handy wieder an und sah, dass ich sieben Anrufe von Stevie verpasst hatte. Ich rief ihn zurück.

»Meg!«, flüsterte er. »Entschuldige, dass ich so spät noch angerufen habe, aber ich muss dir etwas sagen. Es geht um Oscar. Er ist nicht tot, Meg. Er ist nicht gestorben!«

»Aber …«, flüsterte ich zurück. »Woher weißt du das so genau?«

»Weil er Kontakt aufgenommen hat.«

Ich hielt ein paar Sekunden die Luft an.

»Kontakt – mit dir?«, fragte ich dann.

»Ja!«

»Wie?«

»Ich hinterlasse unten am Pier immer Zettel für ihn. Am Anfang habe ich es noch nicht systematisch gemacht. Ich habe lauter wichtige Sachen auf diese Zettel geschrieben. Sachen, die ich von ihm wissen wollte. Oder die er wissen müsste. Aber die Zettel sind alle davongeflogen, hinaus ins Meer. Also habe ich eine Weile nicht mehr geschrieben, aber in den letzten Tagen habe ich wieder damit angefangen, und diesmal habe ich die Zettel mit einem Stein beschwert und sie unten an die Mauer gelegt. Wenn ich nachgeschaut habe, waren die Zettel immer noch da. Ich war schon kurz davor, die Hoffnung aufzugeben. Aber heute Abend – als ich heute Abend zum Pier gegangen bin, waren alle meine Zettel weg!! Er war dort, Meg! Er ist irgendwo, und er hat meine Zettel mitgenommen. Endlich haben wir Beweise. Ist das nicht phantastisch?!«

Wie konnte man da keine Hoffnung haben? *Ach, es wäre so toll, wenn Stevie recht hätte!*, dachte ich. Und eine Sekunde lang glaubte ich sogar, dass seine Theorie stimmte. Ich wünschte es mir so sehr. Wer hätte es sich nicht gewünscht? Ich stellte mir Oscar am Pier vor, wie er Stevies Nachrichten aufhob und las, und ich hatte das Gefühl, als würde mir ein riesiger Stein vom Herzen fallen.

Doch dann passierte etwas anderes. Große Tränen kullerten mir über die Wangen, tropften auf die Glasoberfläche meines Nachttischs, und es entstanden glitzernde kleine Sonnensterne.

»Stevie – es ist sehr spät. Wir reden morgen weiter«, sagte ich. Ich hörte, wie Stevie weitersprach, atemlos und begeistert, aber ich machte mein Handy aus. Wenn Oscar wirklich Stevies Zettel unter dem Stein am Ende des Piers gesehen hatte, weshalb war er dann wieder weggegangen? Das leuchtete mir überhaupt nicht ein. Ein eisiges Gefühl kroch in mir hoch, das ich nicht kannte. Ich schleuderte mein Handy quer durchs Zimmer, wie eine Granate, die gleich explodiert. Aber das Handy landete nur mit einem dumpfen Aufprall mitten auf meinem Bett.

Katy Collopy hatte recht gehabt. Stevie verdrängte alles, er weigerte sich, die Wirklichkeit zu sehen, weil er unbedingt wollte, dass sein Bruder noch lebte. Stevies Hoffnung war stark und fast mit Händen zu greifen, wie ein realer Gegenstand. Meine eigene Hoffnung hingegen verschwand allmählich, als würde noch etwas anderes sterben.

Das lag an den Dingen, die Paloma mir erzählt hatte. Stevie wünschte sich mit aller Kraft seinen Bruder herbei. Aber wir mussten akzeptieren, dass Oscar nicht mehr da war. Und zwar wegen Paloma und weil sie so hübsch war und weil Oscar sich in sie verliebt hatte. Es war nicht ihre Schuld, dass sie seine Liebe nicht erwidern konnte. Für Gefühle kann man nichts. Aber Oscar war von seinen Gefühlen vernichtet worden. Und die Vorstellung, dass er sich vom Pier gestürzt hatte, besaß nun eine innere Logik, die ich bisher nicht gesehen hatte.

Zum ersten Mal blickte ich der Tatsache ins Gesicht, dass Oscar tot war. Es kam mir vor, als wäre ich zufällig über den Fuß einer Treppe gestolpert, die mir vorher gar nicht aufgefallen war, und als würde ich nun unaufhaltsam immer weiter nach oben klettern, Stufe für Stufe.

Bald darauf meldeten sich Paloma und ihre Mutter bei meinen Eltern und sagten, sie würden früher als geplant aus unserem Haus ausziehen. Meine Eltern sagten, das sei wirklich sehr rücksichtsvoll von ihnen, aber sie sollten sich doch bitte nicht gedrängt fühlen. Sie erwiderten, nein, sie würden sich überhaupt nicht gedrängt fühlen, aber es sei doch das Mindeste, was sie für uns tun könnten, und außerdem hätten sie etwas anderes gefunden, etwas »wirklich Großartiges«.

Palomas Mutter hatte ein Haus mit fünf Schlafzimmern gekauft, obwohl die Familie doch nur aus zwei Personen bestand. Das Haus war in der Nähe des Parks. Im Garten gab es angeblich einen Tennisplatz und im Untergeschoss einen Swimmingpool.

In der Schule hatten alle irgendwie aufgehört, über Oscar zu reden. Ich ging an einem Morgen ganz früh hin, um das Graffiti von seinem Schließfach abzuwaschen, aber als ich hinkam, war es schon weg: Jemand hatte die Tür des Schließfachs entfernt und anscheinend alles ausgeräumt, denn es war nichts mehr da.

Ich dachte, es würde mir helfen, wenn ich wieder in unserem alten Haus wohnte. In meiner Vorstellung fühlte es sich normal und ruhig an, aber das stimmte nicht. Ich konnte es zum Beispiel nicht ertragen, in meinem Zimmer zu schlafen und Oscars Fenster leer und stumm vor mir zu sehen. Glücklicherweise musste ich es meinen Eltern gar nicht erklären. Ich durfte die Luftmatratze ins Wohnzimmer legen, an die Wand, die am nächsten bei Stevies Zimmer war. Ich konnte seine Kerze sehen, die flackerte und zitterte und nie ausging.

Ich klopfte mit einem Zweig an Stevies Fensterscheibe, so wie Oscar es früher bei mir gemacht hatte, und ich sah, wie sein Schatten sich dem Fenster näherte, und Stevies Lächeln erinnerte mich so stark an das seines Bruders, dass ich dachte, es könnte mir irgendwann das Herz brechen.

Einmal passte mich Stevies Vater auf dem Schulweg ab und sagte, er sei so froh, dass ich die »Fenstertradition« aufrechterhalte und dass ich viel tue, um Stevie aufzumuntern. Das war ein tolles Gefühl. Ich kam mir vor wie eine große Schwester, die auf ihn aufpasst und ihn beschützt. Gleichzeitig versuchte ich, ihm begreiflich zu machen, was passiert war und dass sein Bruder nicht mehr lebte – ohne dass er daran zerbrach. Ich redete mit ihm über Paloma und wie hübsch sie war und wie gern Oscar sie gehabt hatte. Ich hoffte, dass er das irgendwie verstand. Das wäre bestimmt gut für ihn. Und wir redeten am Fenster, und ich sagte mir: *Wenn Oscar nicht zurückkommt, dann kann ich mich wenigstens um Stevie kümmern und für ihn sorgen.* Das hätte Oscar garantiert gewollt, da war ich mir sicher.

Unsere Gespräche waren richtig gut – bis Stevie eines Tages ans Fenster kam und sagte: »Meg, du hast mich die ganze Zeit angelogen, ich will, dass du gehst und nie mehr mit mir redest.«

Das achtzehnte Stück

Ich erzählte Barney, dass Paloma mir aus Versehen etwas über meine Mutter gesagt hatte. Über meine tote Mutter. Paloma hatte von dem entsetzlichen Unfall erfahren, bei dem meine Mutter ums Leben gekommen war und Stevie schwere Verletzungen erlitten hatte. Und das, was sie mir sagte, zeigte mir endgültig, wie wertlos ich war.

Nachdem ich versucht hatte, sie zu küssen, rief Paloma mich am nächsten Tag in der Schule zu sich.

»Oscar, Oscar!«, schrie sie mitten auf dem Schulhof. Ich lief zu ihr, und sie forderte mich auf, allen anderen zu sagen, was ich am Abend vorher mit ihr tun wollte. Weil das eine ziemlich private Angelegenheit war, hatte ich nicht die geringste Lust, es vor der ganzen Klasse herauszuposaunen, aber inzwischen hatten sich alle um uns versammelt, und Paloma verkündete: »Oscar Dunleavy hat gestern Abend versucht, mich zu küssen. Stimmt's, Osc?« Ein paar Leute lachten. Ich lachte auch, weil ich verhindern wollte, dass die Situation sich hochschaukelte.

Dann lachte ich noch ein bisschen mehr, und Paloma lachte ebenfalls. Schließlich beugte sie sich zu mir und flüsterte mir ins Ohr: »Siehst du, Oscar? Alle lachen dich aus. Du hast doch nicht im Ernst geglaubt, dass du und ich – na ja, du weißt schon, dass zwischen dir und mir etwas laufen könnte? Du bist für mich kein Thema. Du warst überhaupt noch nie ein Thema für mich.«

Ich antwortete, das sei völlig okay, es gebe also keinen Grund, es noch weiter auszuwalzen, aber Paloma hört immer erst auf zu reden, wenn sie selbst genug hat.

»Ich war einfach nur nett zu dir«, sagte sie. »Aber wir können natürlich Freunde bleiben.«

»Du musst nicht nett zu mir sein, wenn du nicht willst«, entgegnete ich.

»Ach, ich bin doch gern nett zu dir. Vor allem, weil du so tapfer bist.«

Und ich fragte: »Tapfer? Was willst du damit sagen – tapfer?«

Und sie sagte: »Ich meine: mutig. Ich meine: stark. Ich kann mir nicht vorstellen, wie das ist, wenn man solche Schuldgefühle mit sich herumträgt wie du.«

»Schuldgefühle? Warum soll ich Schuldgefühle haben?«

»Wegen Stevie. Und wegen deiner Mutter«, sagte sie betont langsam. »Ich verstehe ehrlich nicht, wie du es schaffst, trotzdem immer so fröhlich zu sein. Du hast sehr viel Kraft, Oscar – mach so weiter. So wie seit Stevies Unfall. Es ist bestimmt schwer, mit dieser Last zu leben«, sagte sie, und an ihrem Tonfall konnte ich hören, dass das Gesagte eine explosive Bedeutung haben musste, die ich noch nicht verstand.

»Jeden Tag musst du ihn in seinem Rollstuhl sehen – und du weißt genau, dass du es bist, der ihn da reingebracht hat. Das muss grauenhaft sein.«

»Paloma, was redest du denn da? Es war ein Unfall. Ein Autounfall. Jemand ist in uns reingefahren – der Mann konnte auch nichts dafür, es war nicht seine Schuld.«

»Irgendjemand ist immer schuld.« Paloma musterte mich eine Weile aufmerksam, dann fuhr sie fort: »Oscar, mir brauchst du nichts vorzumachen. Ich weiß Bescheid. Meine Mum hat es mir erzählt. Sie hat sich neulich abends sehr lange mit deinem Vater unterhalten. Du Ärmster! Das ist eine schwere Last. Und ich will dir nur sagen, ich habe den größten Respekt, weil du so gut damit fertig wirst und dich nicht davon erdrücken lässt.«

Ich sagte, ich wüsste sehr gern, was mein Dad über den Unfall erzählt habe.

Daraufhin erzählte sie mir die ganze Geschichte. Die Geschichte meiner Familie, die mir noch niemand erzählt hatte, obwohl ich darin die Hauptrolle spielte.

»Dein Dad hat meiner Mutter erzählt, dass er seinen Schmerz die längste Zeit für sich behalten hat. Meine Mutter hat eine Superbegabung, Leuten Informationen zu entlocken. Ich habe schon oft beobachtet, wie sie das macht. Meistens gießt sie ihnen immer wieder Wein nach, auch wenn die Leute eigentlich gar nichts mehr trinken wollen. Und schon fangen sie an, Geschichten aus ihrem Leben zu erzählen, die sie noch keiner Menschenseele anvertraut haben.

Er hat ihr Folgendes erzählt: Deine Familie und du, ihr wart unterwegs nach Galway, alle waren bester Laune und haben sich aufs Meer gefreut. Die Sonne stand hoch am Himmel, weil ihr erst ziemlich spät losgefahren seid. Stevie saß in seinem Kindersitz, und ihr habt irgendein Lied gesungen, das ihr immer gesungen habt. Du warst erst sechs, aber du warst sehr lustig und lebhaft, wie sechsjährige Kinder eben so sind, und deine Mutter saß am Steuer. Dein Vater hat erzählt, dass er nicht mehr weiß, warum sie am Steuer saß und nicht er. Er hat betont, dass du deinen kleinen Bruder sehr geliebt hast, damals schon, als er noch ganz winzig war, und dann hat er noch erwähnt, dass Stevie sich wahrscheinlich gelangweilt hat – vielleicht war er auch hungrig oder irgendwas, weil ihr erst so spät losgefahren seid. Dein Dad meinte, ihr hättet wahrscheinlich vor der Fahrt etwas essen sollen, aber jedenfalls war er es, der darauf bestanden hat, dass ihr losfahrt. Und dein Vater ist davon überzeugt, dass Stevie die Arme zu dir ausgestreckt hat, denn du hast gesagt: ›Mum, Dad – Stevie möchte aus dem Sitz raus.‹ Und dein Dad hat ein paarmal gesagt: ›Egal, was Stevie macht – lass ihn nicht aus seinem Sitz raus, bevor wir irgendwo anhalten.‹ Ihr wolltet also irgendwo anhalten, aber ihr wart auf der Autobahn. Ihr musstet erst einen Parkplatz suchen.

Und so ging die Geschichte weiter: Deine Mutter fuhr und fuhr, und dein Vater studierte die Landkarte und wurde durch irgendetwas abgelenkt – und dann drehte er sich um und sah plötzlich Stevie auf deinem Schoß sitzen. Ihr habt beide gestrahlt, als hättet ihr gerade etwas ganz Tolles geleistet, und wart richtig stolz. Dein Vater schaut dich also an und stöhnt irgendwie, weil es doch so gefährlich ist, wenn ein Baby nicht angeschnallt ist. Und da dreht sich auch deine Mutter um und ist ebenfalls schockiert. Dadurch hat sie sich nicht mehr auf die Straße konzentriert, und der Wagen geriet auf die Gegenfahrbahn und fuhr gegen einen Lastwagen. Der Lastwagenfahrer war völlig fertig hinterher, aber es war nicht seine Schuld.«

Während Paloma die Geschichte erzählte, schaute sie mir die ganze Zeit direkt ins Gesicht.

Mir war schwindelig. Mir war übel.

Ich brauchte Meg. Ich musste ganz dringend mit ihr reden. Aber Meg war nicht mehr meine Freundin. Sie konnte mich nicht leiden, weil ich ein Idiot war. Alle in der Klasse wussten das. Am besten wusste es Paloma. Ich war ein Idiot, ein Dummkopf. Ein apfelkuchenbackender Dummkopf, der seine Mutter umgebracht hat.

»Es tut mir leid«, flüsterte ich den ganzen Tag vor mich hin, obwohl ich eigentlich mit Stevie hätte reden sollen. »Es tut mir leid, dass ich so bin. Es tut mir leid, dass ich das getan habe.«

Paloma veränderte sich, vor meinen Augen. Sie war viel härter und taffer und gemeiner, als ich gedacht hatte. *Wenn ich doch mit Meg reden könnte,* dachte ich, *nur ganz kurz!* Sie würde mir bestimmt helfen, klarer zu denken.

Aber Meg wollte nicht mit mir reden. Meg hatte sich von mir entfernt. Da war niemand, an den ich mich wenden konnte. Niemand, der mir zuhörte und mich verstand – und deshalb bin ich in Panik geraten, Barney. So ein Gefühl entsteht, wenn man sich plötzlich total allein und verlassen fühlt.

In meinem Kopf wirbelte alles durcheinander, lauter fürchterliche Gedanken stürzten auf mich ein. Klingt das irgendwie logisch, Barney?

Barney sagte, nach allem, was ich ihm erzählt habe, klinge das sogar sehr logisch.

»Mein lieber Oscar – ich hoffe, du verstehst mich richtig –, du bist hier mehr als willkommen, aber du musst deinen Plan, dich für immer hier zu verstecken, noch mal überdenken. Es wäre vielleicht klüger, zu erwägen, irgendwann wieder nach Hause zu gehen. Du hast ein schlechtes Gewissen wegen etwas, wofür du nichts kannst. Und wenn du richtig überlegst, weißt du das auch. Du musst mit deinem Vater über all das reden.«

»Nein, muss ich nicht. Ich will überhaupt nichts tun.« Ich stützte den Kopf in die Hände, schaute Barney eine ganze Weile nicht an und sagte auch kein Wort.

Da sagte Barney: »Okay, lieber Oscar, vielleicht brauchst du einfach noch ein bisschen mehr Zeit.«

»Nein, ich brauche nicht noch mehr Zeit. Die Zeit hilft gar nichts. Sie macht nichts besser, egal, wie viel davon vergeht.«

»Warum hast du Paloma erlaubt, so mit dir zu reden und dich so zu behandeln?«, fragte Barney. »Für mich klingt sie ziemlich unsympathisch, gemein und hinterhältig.«

»Kann sein. Ich weiß es nicht genau. Ich glaube, sie hat das alles nicht so gemeint. Und ich wollte einfach nur mit ihr befreundet sein. Ich wollte keinen Streit. Ich wollte nur Frieden halten.«

»Ich bin vielleicht nur ein beschränkter alter Mann«, sagte Barney daraufhin. »Aber meiner Meinung nach hat dieses Mädchen es bewusst darauf angelegt, dich fertigzumachen. Eins weiß ich über den Frieden – dass nämlich nicht jede Form von Frieden gut ist. Frieden kann zerbrechlich sein, Frieden kann hässlich sein, Frieden kann falsch sein. Und ein Frieden, der auf Lügen beruht, ist überhaupt kein Frieden.«

Das neunzehnte Stück

Ich kam dahinter, warum Stevie plötzlich nichts mehr mit mir zu tun haben wollte. Ich musste ihn allerdings tagelang bedrängen. Er schickte mich immer wieder weg, doch ich ließ nicht locker. Ich rief ihn immer wieder an, ich klopfte immer wieder an sein Fenster. Und endlich hatte ich ihn mürbe geklopft. »Warum? Warum willst du nicht, dass ich mit dir rede?«, fragte ich ihn immer wieder. Ich gab nicht auf, weil ich Stevie nicht auch noch verlieren wollte. Und endlich hat er es mir gesagt.

»Mr O'Leary ist neulich bei uns vorbeigekommen, dieser Lehrer von eurer Schule. Er hat uns ein Päckchen gebracht mit dem Zeug aus Oscars Schließfach, weil er dachte, dass wir es haben wollen. Ich hatte also die Chance, in seinen Sachen nach Hinweisen und Spuren zu suchen. Das nützt vielleicht was, habe ich gedacht.

Aber Dad fand, ich darf nichts anfassen. Er werde sich damit beschäftigen, wenn er so weit sei, hat er gesagt und alles in der Küchenschublade verstaut.

Aber Oscar ist mein Bruder! Ich habe das Recht, die Sachen zu sehen, die er zurückgelassen hat. Also, jedenfalls – rat mal, was ich gefunden habe. Was denkst du?«

»Keine Ahnung.«

»Einen Brief von dir.«

»Oh Gott, Stevie. Es tut mir so leid!«, sagte ich, weil ich gleich wusste, welchen Brief er meinte. Er hielt den Umschlag mit meiner Handschrift hoch. »Ich fühle mich ganz schrecklich. Weißt du, eigentlich hätte Oscar den Brief gar nicht lesen sollen, und außerdem habe ich dann später rausgefunden, dass seine Gefühle ganz anders sind als meine. Stevie, das war alles total verfahren. Ich habe ihm gesagt, er soll den Brief ignorieren. Und er war sofort damit einverstanden, dass wir das Ganze vergessen.«

»So einen Brief würde jeder Mensch lieber ignorieren. Was hast du denn erwartet?«

»Ehrlich? Na ja – als ich wusste, dass er den Brief gelesen hat, da habe ich irgendwie gehofft, er sagt, ihm gehe es genauso. Keine Ahnung, aber ein Teil von mir dachte wahrscheinlich, er würde mir zustimmen, verstehst du? Und sagen, dass er auch solche Gefühle hat.«

»Wie konntest du erwarten, dass er auch solche Gefühle hat, Meg?« Stevie sah aus, als würde er gleich anfangen zu weinen, und die Hoffnung, die ich sonst immer in seinem Gesicht gesehen hatte, schien nun auch ihn verlassen zu haben. »Du musst dich echt beschissen fühlen, nach allem, was passiert ist.«

»Ja, das habe ich nicht gewollt.«

Stevies Gesicht war verzerrt vor Kummer.

»Meg, wie konntest du nur? Wie konntest du das alles zu ihm sagen, ausgerechnet in einer Situation, in der er deine Freundschaft ganz dringend gebraucht hat?«

»Ich weiß, Stevie – meine Gefühle für ihn haben sich verändert –, das ist schwer zu erklären, und vielleicht bist du einfach noch zu jung, um es zu verstehen.«

Auf einmal merkte ich, dass irgendetwas hier nicht zusammenpasste – warum war Stevie eigentlich so sauer? Ich schaute auf den Umschlag in seiner Hand.

»Stevie, würdest du mir den Brief mal zeigen?«

»Warum?« Er biss die Zähne zusammen und schaute mich nicht an. »Warum willst du den Brief noch mal sehen? Du weißt doch, was drinsteht. Du weißt doch, welche Wörter du getippt hast! Auch wenn du vielleicht nicht wolltest, dass Oscar sie liest – getippt hast du sie trotzdem.«

»Getippt? Ich habe die Wörter nicht getippt, Stevie, ich habe sie mit der Hand geschrieben.«

Jetzt schaute er mich wieder an, und ich schaute

ihn an, wir starrten uns gegenseitig an, brodelnd und stumm.

»Stevie, bitte, lass mich den Brief sehen.«

Er strich den Umschlag glatt. Dann reichte er ihn mir. Er war schon ziemlich zerknittert. Ich öffnete ihn und holte den Brief heraus. Das Blatt war öfter auseinander- und wieder zusammengefaltet worden. Ich las, was da stand, und was da stand, hatte ich nie im Leben geschrieben – so etwas würde ich nie schreiben, so etwas würde ich nie denken, so etwas würde ich nie sagen. Als ich alles gelesen hatte, zitterten meine Hände vor Wut, und das Blatt zitterte auch.

Ich untersuchte den Umschlag, weil ich sehen wollte, ob jemand daran herumgemacht hatte – er war ganz eindeutig ein paarmal geöffnet und wieder verschlossen worden. An der Klappe waren zwei verräterische vertikale Risse. Irgendjemand hatte meinen Brief herausgenommen, einen anderen Brief getippt und mit meinem Namen unterschrieben – die Unterschrift war allerdings ziemlich schlecht gefälscht, denn meine Handschrift ist nicht im Entferntesten so groß und schwungvoll wie die, die ich jetzt vor mir sah.

»Stevie, ich schwör's – das habe ich nicht geschrieben.«

Stevies Gesicht und seine Fingerknöchel waren

ganz weiß geworden und seine Lippen ganz schmal. Er schien verwirrt, also sprach ich betont langsam, um sicherzugehen, dass er mich verstand.

»Ich habe das nie an deinen Bruder geschrieben, hörst du? Jemand hat meinen Brief genommen – also den Brief, den ich geschrieben habe – und dafür diesen hier in den Umschlag gesteckt.«

Ich hielt den Umschlag hoch, weit weg von mir, als könnte er sonst womöglich noch mehr Schaden anrichten als sowieso schon.

»Aber … wer macht denn so was?«, flüsterte Stevie.

Es dauerte nur einen kühlen, klaren Augenblick, und ich wusste genau, wer.

»Das war Absicht, glaub mir, Stevie. Paloma steckt dahinter. Sie hatte es auf deinen Bruder abgesehen. Ich denke, sie wollte ihn zugrunde richten.«

»Aber … ich kapier das nicht! Wieso denn?«

»Vielleicht, weil sie mich von Oscar fernhalten wollte? Oder Oscar von mir? Weil sie einfach nur böse und gemein ist? Weil sie erreichen wollte, dass Oscar sich allein fühlt und ungeliebt und verlassen und blöd und gedemütigt?«

Falls sie das tatsächlich vorgehabt hatte, war sie allem Anschein nach leider erfolgreich gewesen.

»Es ist ihre Schuld«, sagte ich zu Stevie. »Paloma Killealy hat ihm das angetan. Und dabei hat sie sich die ganze Zeit so aufgeführt, als wäre sie seine Freundin.«

»Aber was hat sie an ihm gestört?«, fragte Stevie.

»Seine Magie. Seine Freundlichkeit. Sein Charme. Sie war neidisch auf ihn. Oscar leuchtet wie ein Stern – aber sie wollte diejenige sein, die leuchtet. Und sie war sauer auf ihn, weil er nicht in sie verliebt war. Paloma findet nämlich, die ganze Welt muss sie anbeten. Und sie hat sich geärgert, weil Oscar das nicht getan hat. Sie wollte ihn kaputtmachen, ihn vom Sockel stoßen. Und dann hat sie einen Plan gefasst, und diesen Plan hat sie durchgezogen, gnadenlos und raffiniert.

Paloma hat alle zielstrebig manipuliert. Keiner sollte es mehr gut und wertvoll und lohnend finden, wenn jemand Apfelkuchen backt. Paloma hat jedem von ihnen irgendwelches Zeug über Oscar ins Ohr geflüstert, Lügen und Andeutungen, damit alle denken, er sei ein Freak. Paloma hat die anderen gegen ihn aufgehetzt, und ich mache sie für das, was passiert ist, verantwortlich. Hundertprozentig. Aber ich bin auch schuld, Stevie.

Ich meine – wenn einen jemand daran hindern kann, vom Pier zu springen, dann doch die besten

Freunde, findest du nicht? Das ist doch einer der Hauptgründe für eine Freundschaft.«

»Mach auf! Ich weiß, dass du da bist!«, schrie ich, bis ich ganz heiser war. Als Paloma endlich an die Tür kam, blieb sie im Eingang ihres neuen, riesigen Hauses stehen, wunderschön und mit perfekter Haut, und ihre Haare wehten im Wind, wie bei einer Filmszene in Zeitlupe. Ich hielt ihr den Brief unter die Nase und unter die weit aufgerissenen Augen.

»Es ist deine Schuld!«, sagte ich. »Es ist alles deine verdammte Schuld. Wieso hast du das gemacht, Paloma? Warum hast du meinen Brief aus dem Umschlag genommen und einen ganz anderen Brief hineingesteckt, der voller Lügen ist? Warum hast du so getan, als wäre der Brief von mir? Warum hast du meine Unterschrift gefälscht? Warum hast du Oscar gedemütigt, und warum hast du es darauf angelegt, dass er sich in dich verliebt? Und jetzt ist er verschwunden! Du hast ihn kaputtgemacht, und du hast ihn uns weggenommen – du hast ihn seinem Vater weggenommen, dem das Herz gebrochen ist, und Stevie, der nur einen Bruder hat und dessen Mutter schon tot ist, und mir – ich werde nie wieder jemandem wie ihm begegnen, weil es nur einen Oscar Dunleavy gibt. Dafür bist du verantwortlich.

Und jetzt stellt sich heraus, dass ich eine Chance hatte! Vielleicht war Oscar tatsächlich für mich gedacht, und vielleicht war ich für ihn gedacht, und ich werde es nie erfahren. Das verzeihe ich dir nie, Paloma Killealy. Es ist deine Schuld. Und es wird immer deine Schuld ein.«

Sie blinzelte und musterte mich mit verschlafenem Blick, als ginge sie das alles nichts an und sie hätte sich nichts vorzuwerfen.

»Keine Ahnung, wovon du redest«, entgegnete sie. »Niemand kann irgendeine deiner Behauptungen beweisen. Und jetzt verschwinde gefälligst. Du bist ja völlig neben der Spur.«

Ich hatte mir vorgenommen, ihr weh zu tun. Wie genau, hatte ich mir allerdings nicht überlegt. Doch jetzt war mir klar, dass es sowieso keinen Sinn gehabt hätte. Meine Wut war stark, und sie gab mir das Gefühl, riesige körperliche Kräfte zu besitzen. Aber das würde Oscar auch nicht aus dem Meer holen. Es war zu spät.

Ich konnte für niemanden die Situation verbessern, und weil mir nichts anderes einfiel, machte ich einen Apfelkuchen. Er wurde nicht so perfekt wie der von Oscar, aber ich versuchte, mich ihm so gut wie möglich anzunähern. Den Kuchen brachte ich hinüber zu den Dunleavys, und Oscars Vater nahm mich in den Arm und sagte, ich sei ein guter Mensch und er wisse, dass ich für Oscar immer nur das Beste gewollt habe, und Stevie kam auch zu mir und umschlang meine Knie.

»Meggy, falls du denkst, ich habe die Hoffnung aufgegeben – das stimmt nicht. Er ist nicht tot, er lebt, das kann ich dir nur immer wieder sagen.«

Doch Oscars Dad glaubte eindeutig nicht mehr daran. Ich konnte es ihm ansehen. Er wirkte extrem müde. Trotzdem fühlte es sich bestimmt besser an, aufzugeben. Hoffnung kann sehr anstrengend sein.

»Wenn du mal wegen irgendetwas total verwirrt bist«, hatte Oscar immer gesagt, »dann hilft es, ans Meer zu gehen. Man sieht die Dinge klarer, wenn man an der Stelle steht, wo Wasser und Land sich begegnen. Man kann der Brandung lauschen. Und dann die immensen Ausmaße des Ozeans – gigantisch und salzig –, das Wasser, das alles mit allem verbindet!«

Ich weiß, es ist nicht ganz normal, wenn man mitten in der Nacht aus dem Bett kriecht, aus dem Haus schleicht und sich ans äußerste Ende des Piers setzt. Aber inzwischen schien mich der Poller praktisch die ganze Zeit zu rufen. Ich musste daran denken, wie ich Katy Collopy von dem flüsternden Poller erzählt hatte. Aber sie hatte mir da überhaupt nicht weitergeholfen.

Ich wusste, dass ich Oscar nicht plötzlich irgendwo finden würde oder so. Aber ich wollte eine Weile allein sein, dort, wo Oscar verschwunden war. Und zwar, wenn es ruhig war und niemand vorbeikommen konnte, um mir zu sagen: »Hör auf, dich zu quälen, das reicht.«

»Oscar, Oscaaaaar!« Mir war klar, dass es nichts brachte, wenn ich seinen Namen rief, aber mir tat es trotzdem gut, in der nächtlichen Stille.

Niemand kann einen hören vom Pier. Das ist eins dieser merkwürdigen Phänomene. Ich bin mir nicht ganz sicher, ob der Hafen eine Art Klangkokon bildet oder ob das Meer einen speziellen dämpfenden Effekt hat, aber es war etwas, was wir beide, Oscar und ich, schon vor langer Zeit entdeckt hatten. Auf dem Pier konnten wir einander Geheimnisse zurufen, und niemand konnte uns hören.

»Oscar, wo bist du hin?«, rief ich

»Oscar, wo bist du jetzt?«, flehte ich ihn an.

»Warum bist du weggegangen, ohne dich zu verabschieden?«, fragte ich bettelnd.

»Oscar, es tut mir leid!«, schrie ich.

»Oscar, komm zurück!«, flüsterte ich.

Ich saß am Ende des Piers, ließ die Beine baumeln und blickte in das Wasser tief unter mir.

»Ich glaube nicht, dass er dich von hier hören kann«, sagte eine Stimme.

Ich sprang hoch und drehte mich um. Da stand ein Mann, ruhig und gelassen an den Poller gelehnt.

Ich vermute, dass ich vor Schreck einen Schrei ausgestoßen habe, aber ich kann mich nicht erinnern.

»Tut mir furchtbar leid, dass ich dich gestört habe.«

»Mich gestört? Was denken Sie sich eigentlich? Wie können Sie sich mitten in der Nacht an jemanden heranschleichen?!«

»Ich will nicht allzu pedantisch sein, aber streng genommen hast du dich an mich rangeschlichen. Ich war zuerst da.« Er knipste eine Taschenlampe an, und in ihrem milchigen Licht begann alles zu glänzen.

Der Mann trug einen hellen Anzug. Er wirkte gepflegt, und seine Hände waren schön und weich.

Er beugte sich vor und schaute auf irgendetwas anderes, was er in der Hand hielt. Er rollte ein paar zerrupfte Krümel Tabak in ein knittriges weißes Stückchen Papier. An seinem rechten kleinen Finger schimmerte ein flacher Goldring. Er leckte an dem weißen Papierchen, wickelte es um sich selbst, und schon entstand, wie von Zauberhand, eine Art straffer weißer Stift. Was für geschickte Bewegungen – und am Ende kam nur eine Zigarette heraus.

Schützend legte er dann die Hände um eine Streichholzschachtel, die er aus seiner Innentasche geangelt hatte. Ein leises Schrappen und Zischen war zu hören, wie immer, wenn jemand ein Streichholz anzündet. Am Ende seiner Zigarette erschien nun ein orangegelber Punkt, der hell aufleuchtete, verblasste und wieder aufleuchtete, während er ein paar Züge rauchte.

Ich wollte unbedingt den Eindruck erwecken, als wäre mir alles auf der Welt völlig egal. Es ist aber gar nicht so leicht, die Fassung zu bewahren, wenn jemand mitgekriegt hat, dass man den Namen seines vermutlich toten besten Freundes laut in die pechschwarze Dunkelheit hinausgeschrien hat.

Der Mann sagte keinen einzigen der typischen Sätze, die man von einem Erwachsenen, der spätnachts einem Mädchen im Pyjama begegnet, eigentlich erwarten würde. Nichts von: *Was tust du hier? Du erkältest dich noch und holst dir den Tod!* oder *Was würden deine Eltern sagen, wenn sie dich hier sehen könnten?*

Es war eine windstille Nacht, und das Meer erinnerte an einen glattpolierten Fußboden. Von der Zigarette kräuselte sich ein feiner bläulicher Rauchkringel himmelwärts.

»Setz dich bitte wieder hin«, sagte der Mann. »Es tut mir ehrlich leid, dass ich dich so erschreckt habe.«

Ein Teil von mir meldete sich warnend und sagte, es wäre wesentlich klüger, davonzulaufen, ehe ich ermordet und zerstückelt würde, aber seine Stimme war freundlich und klang vage vertraut, also setzte ich mich wieder hin. Schon bald spürte ich, wie die Kälte von den Steinen in mich hineinkroch.

Ich stützte die Ellbogen auf die Knie und atmete die salzige Seeluft ein. Und ehe ich mich's versah, fing ich an zu schluchzen.

»Mein liebes Kind«, sagte der Mann.

Er rührte sich nicht, er streckte nicht die Hand aus und stand auch nicht auf. Aber seine samtig heisere Stimme war klar und gut, und allmählich löste sich die furchtbare Spannung in mir. Als würde jemand vorsichtig einen kleinen Schlüssel umdrehen.

»Was quält dich?«

Ich erzählte ihm, dass ich mit einem Jungen namens Oscar Dunleavy befreundet war. Und ich erzählte ihm, dass ich meinen Freund schrecklich enttäuscht hatte und dass er jetzt tot war und dass ich daran schuld war.

»Wieso ist es deine Schuld?«, wollte er wissen. Zuerst konnte ich gar nicht antworten. Aber als ich wieder sprechen konnte, versuchte ich, ihm zu erklären, dass ich meinen Freund im Stich gelassen hatte, als er mich am dringendsten brauchte. Ich sagte, mein Stolz und meine Eifersucht hätten mich daran gehindert, ihm zu schreiben, und jetzt könne ich ihm nie wieder eine Nachricht schicken, nie wieder. Ich presste meine Hände auf den unebenen Stein und schluchzte immer weiter.

»Der Junge war auch mein Freund«, sagte der Mann, als ich endlich aufhörte zu weinen und wir beide eine Ewigkeit geschwiegen hatten.

»Er und sein legendärer Apfelkuchen.«

Ich blickte hoch, und in dem Moment erkannte ich ihn.

»Barney?«, fragte ich. »Barney Brittle? Sind Sie das?«

»Ja«, antwortete er mit einem leisen Lachen. »Ja, bin ich.«

»Aber Sie sehen so gepflegt aus!«

Ich entschuldigte mich sofort für diese Bemerkung, weil sie ja ziemlich taktlos war, aber Barney schien überhaupt nicht gekränkt zu sein. Er lächelte und sagte, dass es ihm viel besser gehe als bei unserer letzten Begegnung.

»Ich bin ein anderer Mensch. Der Mann, den ihr damals getroffen habt, befand sich in einer ausweglosen Lage. Aber nun ist zum Glück alles anders. Das habe ich deinem Freund Oscar zu verdanken. Und dir auch, Meg.«

Barney sagte, der Apfelkuchen habe eine magische Wirkung auf ihn gehabt.

»Die Menschen sehen das Elend der anderen oft gar nicht, weißt du. Die Welt ist herzlos, aber das ist nicht unbedingt ein Zeichen von Desinteresse. Manchmal sind die Leute irgendwie verlegen, oder sie wissen nicht, was sie sagen sollen. Oder sie schaffen es einfach nicht, jemandem, der leidet, in die Augen zu schauen.

Dein Freund Oscar hat seine eigene und ziemlich perfekte Antwort auf den Kummer anderer erfunden. Sobald er bei jemandem Schmerz und Unglück entdeckt hat, ging er los und tat das, was ihm in der Situation als das einzig Sinnvolle erschien. Er machte einen seiner fabelhaften Apfelkuchen.«

Ein paar Abende nacheinander sah es so aus, als könnte man sich auf Barney immer verlassen. Mitten in der Nacht saß er geduldig auf dem Poller, und alles um ihn war stumm und unsichtbar, bis auf das orangegelbe Glühen seiner ständig brennenden Zigarette.

»Schön, dich wiederzusehen«, sagte Barney, und es war so, als würden wir uns zu einer ganz normalen Tageszeit an einem normalen Ort treffen und nicht mitten in der Nacht auf dem Pier.

Er erzählte mir, er habe schon viel gemacht im Leben, aber erst neulich habe ihm jemand gesagt, er sei ein guter Zuhörer. Und darauf sei er stolzer als auf alles andere. »Zuhören«, sagte er, »ist vermutlich die wichtigste Fähigkeit, die man lernen kann.«

Und er hatte recht: Er war wirklich ein ausgezeichneter Zuhörer und ließ mich alles, was ich zu sagen begann, zu Ende bringen. Er stellte nie blöde Fragen, sondern ermunterte mich, jede Geschichte fertigzuerzählen. Eine halbe Geschichte nützt keinem was. Und ich weiß nicht, warum, aber dadurch, dass ich ihm etwas erklärte, konnte ich selbst es auch besser verstehen.

Ich erzählte ihm von der Ratio. Das war ein System, das Paloma mir erklärt hatte.

»Die Ratio ist der Grund, warum Typen wie Andy Fewer immer das Mädchen mit der perfekten Haut, den schokobraunen Augen und den goldblonden Seidenhaaren kriegen.«

»Weißt du, was für ein Mensch sie ist?«

»Nicht so richtig. Ich weiß nur ein paar Dinge über sie, aber nach dem, was ich weiß, denke ich, sie ist schrecklich. Ein schrecklicher Mensch mit dem Gesicht eines Engels.«

Ein kleiner Stapel aus Ästen mit einem Holzklotz oben drauf war heute Nacht neben dem Poller aufgebaut, und auf der anderen Seite stand ein dunkelroter Koffer, alt und pockennarbig und mit einer goldglänzenden Metallschnalle. Ansonsten war eigentlich alles wie sonst.

Barney rieb sich die Hände und beugte sich vor.

»Du siehst aus, als könntest du ein bisschen Wärme vertragen«, sagte er, öffnete den Koffer und faltete mit einer einzigen, fließenden Bewegung eine riesige grüne Wolldecke aus.

»Hier, leg dir die um die Schultern.«

Er hielt ein brennendes Streichholz unter das Nest aus trockenen Ästen. Sie knackten und knisterten kurz, und schon entstand ein heller Lichtschwall. Eine Möwe kreischte über einem Fischerboot, und der Wind kräuselte sanft die Wasseroberfläche.

Durch das Feuer wurde mein Gesicht ganz warm. Und die Wolldecke, die so leicht ausgesehen hatte, als Barney sie mir zugeworfen hatte, fühlte sich jetzt eher schwer an. Mit ihrem Gewicht umhüllte sie schützend meine Schultern und Arme und verankerte mich sicher auf meinem Platz.

»Liebe Meg«, sagte Barney. »Quält es dich sehr, dass du deinen guten Freund verloren hast?«

»Es quält mich ganz furchtbar«, antwortete ich. »Ich habe sogar Angst, es macht mich noch verrückt. Ich bin zurückgekommen, weil ich ihn unbedingt finden musste und weil ich mich geweigert habe zu glauben, was die anderen von Anfang an als ganz selbstverständlich hingenommen haben. Ich suche ihn überall, Barney, auch wenn ich es gar nicht will. Ich suche sein Gesicht, wenn ich durch eine Menschenmenge gehe, ich suche ihn an allen Ecken und Enden, wo er vielleicht sein könnte. Zuerst war ich hoffnungsvoll und zuversichtlich und fest davon überzeugt, dass ich ihn finde. Aber so langsam verliere ich die Hoffnung, und ich habe schon fast vergessen, wie Oscars Gesicht aussieht.«

»Das wäre wirklich eine Tragödie«, erwiderte Barney.

»Meinen Sie, ich übersehe irgendetwas?«, fragte ich ihn dann, weil er so klug und weise schien.

»Hmmm. Ich bin mir nicht sicher, aber manchmal spüre ich hier Dinge, die uns vielleicht einen Anhaltspunkt liefern können.«

»Wie meinen Sie das?«

»Ich bekomme Hinweise, die aus dem Meer aufsteigen.«

»Ehrlich wahr?«

»Ja«, sagte er. »Zum Beispiel Kummer und Schmerz und Angst. Demütigung und Schuldgefühle. Und Freundschaft, Liebe und Enttäuschung.«

»Barney – wissen Sie vielleicht, was mit ihm los ist?«

»Diese Frage kann ich nicht beantworten, aber ich werde dir ein paar Sachen sagen, die ich weiß.«

Ich dachte, er würde mir konkrete Informationen geben, die mir weiterhalfen, vielleicht eine Spur, der ich nachgehen konnte, aber er sagte Folgendes:

»Nichts ist so, wie du denkst. Sehr viele Dinge sind nicht so, wie sie scheinen. Manchmal sieht etwas soundso aus, aber es kann ganz anders sein. Manchmal muss man die Menschen immer weitersuchen oder zumindest Fragen stellen, die sie betreffen. Und häufig sind Menschen zum Schweigen gebracht worden – sie brauchen andere Menschen, die für sie sprechen. Wenn man aufhört zu suchen und zu fragen und zu sprechen, dann sind sie tatsächlich verloren. Gib nicht auf, Meg.«

»Heißt das, Sie denken, er könnte noch leben?«

»Was ich denke, spielt keine Rolle«, entgegnete Barney. Er war so geheimnisvoll, dass es mich schon fast ärgerte. Aber andererseits tat es mir gut, mit ihm zu reden, und auf einmal fing ich an, Barney von dem Brief zu erzählen.

»Ich habe ihm einen Brief geschrieben, in dem ich ihm gestanden habe, dass ich ihn liebe, aber jetzt habe ich rausgefunden, dass Paloma meinen Brief ausgetauscht hat gegen einen ganz abscheulichen Brief, den sie selbst geschrieben hat.«

»Äh – wie bitte? Entschuldige – was hast du gesagt?!«

Ich war gerade dabei, Barney alles noch einmal zu

erklären – dass Paloma einen Brief geschrieben und so getan hatte, als wäre dieser Brief von mir. Barney war ja schon ganz schön alt, und ich hatte den Eindruck, als hätte er mich beim ersten Mal nicht richtig verstanden.

»Du hast ihn geliebt?«, fragte er. »Du hast Oscar geliebt? Nicht nur wie einen Freund, sondern richtig? So wie Mädchen Jungen lieben, seit es Mädchen und Jungen gibt?«

»Ja klar, was haben Sie denn gedacht?«

»Und was hat Paloma mit deinem Brief gemacht?«

Ich erzählte es ihm ein drittes Mal.

»Diese miese kleine Giftspritze.«

Ich sagte, mir hätte kein besseres Schimpfwort für sie einfallen können. Dann rappelte Barney sich mühsam hoch, trat das Feuer aus, richtete sich kerzengerade auf und hatte es plötzlich furchtbar eilig.

»Ach je, Meg – mir ist gerade etwas eingefallen. Ich muss sofort los. Vielen Dank – ich meine, auf Wiedersehen, ich muss dringend nach Hause, jetzt gleich, du musst mich entschuldigen.«

Und bevor ich noch etwas sagen konnte, war er auch schon verschwunden.

Das letzte Stück

Barney war ruhelos. Allmählich machte ich mir Sorgen wegen seiner nächtlichen Unternehmungen. Ich hatte den Eindruck, dass er nachts gar nicht mehr schlafen konnte, ohne aufzustehen und zu einem seiner mysteriösen Ausflüge aufzubrechen. Oft seufzte er, starrte in den Kamin und murmelte: »Ach, du liebe Güte.« Ich buk weiterhin meine Apfelkuchen, aber so wie's aussah, hätten selbst tausend Apfelkuchen das, woran Barney litt, nicht heilen können.

Eines Abends blieb ich wach, tätschelte Homers Kopf und wünschte mir, Barney käme zurück. Als ich draußen etwas hörte, war ich richtig erleichtert.

»OSCAR! OSCAR! OSCAR!«, schrie Barney, als müsste er mir ganz dringend etwas mitteilen. Ich ging an die Tür und sah ihn den Berg heraufkeuchen, wie ein Mann mit einer wichtigen Mission. Am Gartentor blieb er stehen. Ich wartete darauf, dass er weiterging, aber er blieb am Tor stehen und hielt sich am

Pfosten fest. Ich ging wieder ins Haus und setzte Wasser auf, denn es warteten noch zwei Stücke meines letzten Apfelkuchens auf uns, und was konnte es Schöneres geben mitten in der Nacht – wie Barney sagen würde.

Aber Barney kam nicht. Ich kochte Tee und gab die letzten beiden Stücke auf Peggys Teller, auf denen kleine Leuchttürme und Sonnenuntergänge abgebildet waren. Plötzlich bekam ich Angst. Ich ahnte irgendwie, dass Barney nicht kommen würde. Ihm musste etwas zugestoßen sein. Ich hielt es nicht mehr aus. Aber ich fürchtete mich auch davor, zu ihm zu gehen. Ich wollte einfach nur immer weiter Tee kochen und den Tisch decken. Wenn ich so tat, als wäre nichts passiert, wenn ich einfach weitermachte, als wäre alles völlig normal und als ginge es Barney bestens – dann war es auch so.

Aber Barney kam nicht.

Als ich endlich zu ihm ging, lag er im Gras, und ich sagte: »Barney, Barney, bitte, steh auf!«, aber er konnte nicht aufstehen. Er konnte kaum sprechen. Er tätschelte mir den Kopf, und ich wusste nicht, was ich tun sollte. Ich fragte ihn, ob er etwas brauche. Er schüttelte den Kopf und sagte nur: »Mein lieber Junge, es war eine Fälschung!« Mehr nicht.

Ich hatte keine Ahnung, wovon er redete, und

dachte, er würde vielleicht halluzinieren oder irgendwas. Ich sagte: »Versuch nicht zu reden, Barney, gleich geht's dir besser.«

Wenn sein Zustand sich nicht besserte, dann war auch das meine Schuld, das wusste ich, und ich kam immer mehr zu der Überzeugung, dass ich ein Engel des Todes war. Wie gern wäre ich mächtig und stark – aber ich war nutzlos, und ich war schwach, und ich tötete die Menschen, die ich liebte – mit Apfelkuchen und blöden Aktionen und mit meiner Unfähigkeit, richtig hinzuschauen.

Dann rannte ich los, den Weg hinunter. Ich stolperte und fiel hin und verletzte mich am Arm und an den Händen und im Gesicht. Mühsam rappelte ich mich wieder hoch und rannte weiter und fuchtelte mit den Armen und schrie: »Hilfe, Hilfe! Bitte, ich brauche Hilfe, es ist wegen Barney Brittle. Ich glaube, er stirbt, er braucht einen Arzt, wir müssen ihn ins Krankenhaus bringen, so schnell wie möglich. Hilfe! Kann mir jemand helfen? Bitte, bitte!«

Die Sanitäter waren wirklich nett. Sie legten Barney auf eine Trage, und sie waren geduldig, obwohl ich ihnen dauernd Fragen stellte – ich wollte wissen, was mit Barney los ist und ob er wieder gesund wird und ob es ihm geschadet hätte, so viel Apfelkuchen zu essen, wie wir das in der letzten Zeit getan hatten. Sie antworteten, sie wüssten noch nicht, was ihm fehle. Er sei eben ein alter Mann, zwar tadellos gekleidet und offensichtlich gepflegt, aber bei Menschen in seinem Alter sei es immer schwer zu sagen, ob sie sich von so einem »Ereignis«, wie es bei ihm offensichtlich eingetreten sei, wieder erholten. Sie sagten, der arme Barney sei ein wenig durcheinander. Ich wollte neben ihm sitzen, aber sie erklärten mir, er brauche medizinischen Beistand.

»Mein lieber Junge!«, rief Barney wieder. »Sie hat den Brief gar nicht geschrieben! Er ist nicht von ihr. Er ist eine Fälschung!« Wir kapierten alle nicht, wovon er redete, und je mehr Barney versuchte, sich verständlich zu machen, desto entschlossener bereitete einer der netten Sanitäter eine Spritze vor, und dann versenkten sie die Nadel in Barneys Arm. Seine Worte verschwammen zu einem leisen Gebrummel, und dann schlief er fest ein.

Einerseits war ich erleichtert, weil ich nicht wollte, dass er sich aufregte oder Angst und Schmerzen hatte. Das Problem war allerdings, dass nun, da Barney friedlich atmete, die beiden Sanitäter die Möglichkeit hatten, sich mir zu widmen.

»Und wer bist du?«, fragte der eine. Ich log und sagte, ich sei Barneys Enkel. Sie stellten unangenehme Fragen: Wie meine Eltern hießen und meine Geschwister und ob ich allein bei meinem Großvater wohne? Überhaupt interessierten sie sich für alles Mögliche. Ich wollte mich aber nicht in ein Gespräch verwickeln lassen. Ich sagte ihnen, ich würde mir solche Sorgen machen um Barneys Gesundheit, und deshalb sei so eine Befragung einfach zu viel für mich.

»Äh – Entschuldigung, aber das hier ist doch ein Krankenwagen. Können wir uns bitte wieder dem Kranken zuwenden?«, sagte ich.

Die beiden antworteten: »Ja, natürlich«, aber sie musterten mich immer noch misstrauisch. Ich konzentrierte mich ganz auf Barney, und in meinem Kopf flehte ich ihn an, bitte, bitte wieder gesund zu werden.

Sie erlaubten mir, vor seinem Zimmer im Krankenhaus zu warten, und versprachen, mir Bescheid zu geben, sobald es ihm wieder so gut ginge, dass er reden könne. Ich war total froh, als ich ihn sehen durfte. Er war zwar an alle möglichen Geräte und Schläuche und lauter Zeug angeschlossen, aber er war wach und munter, klopfte auf sein Bett und sagte, ich solle mich zu ihm setzen.

»Oscar«, sagte er. »Ich glaube, bald wird sich alles für uns ändern.«

Ich erwiderte, dass er keine voreiligen Schlüsse ziehen solle. Vielleicht war es ja nur ein kleiner Anfall, und wir könnten noch vor Einbruch der Dunkelheit wieder zurück in unser Haus.

Schon möglich, sagte er, aber wir müssten trotzdem ein paar Sachen besprechen.

Ich wusste, dass er recht hatte, wollte aber nicht darüber nachdenken.

»Ich versuche schon die ganze Zeit, dir etwas zu sagen – etwas, was du unbedingt wissen musst. Deine Freundin Meg – sie wollte dir sagen, dass sie sich in dich verliebt hat, das hat sie in dem Brief geschrieben, und die andere … diese Wie-heißt-sie-gleich … also diese kleine Giftspritze, die hat den kostbaren Brief aus dem Umschlag genommen, in den Meg ihn gesteckt hatte, und … dieses miese kleine Biest …« Barney fing an zu husten, und ich musste ihm einen Schluck Wasser geben, obwohl ich schon ganz benommen war von dem, was er mir erzählt hatte.

»… dieses Biest hat Megs wunderschöne Worte mit anderen Worten vertauscht, die alle nicht stimmen. Oscar, du musst dieses Missverständnis aus der Welt schaffen, hörst du mich? Du hast jetzt die Chance, alles zu klären.«

Ich war nicht sicher, ob Barney wirklich wusste, wovon er redete. Vielleicht hatte er sich das alles nur eingebildet oder geträumt. Angeblich passiert so was öfter bei schwerkranken Menschen.

»Aber Barney, du hast es mir doch versprochen – du hast mir versprochen, dass ich bei dir bleiben kann und dass du mich nie zwingst, zurückzugehen.«

»Das war doch vorher!«, sagte er. »Jetzt ist alles anders, und mein Versprechen ist null und nichtig. Meg wollte, dass du weißt, dass sie dich liebt. Mein lieber Junge, du musst mit allen reden. Nicht nur mit Meg, sondern auch mit deinem armen Vater und deinem kleinen Bruder und deinen Freunden. Und diesem furchtbaren Mädchen, dieser Paloma, musst du sagen, dass sie sich ganz mies verhalten hat – schlimmer geht's nicht. Sie muss wissen, dass man anderen Menschen so etwas nicht antun darf.«

»Aber woher weißt du das?«

Da erzählte er mir, dass er Meg am Pier getroffen hatte. Da war er also immer hingegangen! Und er schien sich richtig ausführlich mit ihr unterhalten zu haben. Auch über Paloma.

»Wir kennen einander jetzt ziemlich gut. Sie ist ein tolles Mädchen«, sagte er. »Sie hat mir von dem Gottesdienst erzählt und dass alle geweint haben, weil du nicht mehr da bist und so weiter. Sie hat mir auch gesagt, wo Paloma und ihre Mutter jetzt wohnen. Nummer zwei, The Paddocks – du weißt schon, ganz am anderen Ende des Ortes.«

Ich dachte an Meg und wie sehr ich mich danach sehnte, sie zu sehen und ihr alles zu erklären. Aber ich hatte das Gefühl, dass es zu spät war. Wie sollte ich den ganzen Leuten gegenübertreten, besonders Meg, nach allem, was ich jetzt über mich selbst und über den Unfall wusste, und nach dem ganzen Versteckspiel und nach dieser Riesenlüge, die ich der Welt vorgespielt hatte?

»Aber Barney, was soll ich den anderen sagen? Was soll ich Meg sagen? Wie kann ich alles erklären? Wie kann ich überhaupt noch zurückgehen?«

»Wie kannst du nicht zurückgehen?«, erwiderte Barney und lächelte mich an.

Er kramte in seinem Jackett und zog mehrere zerknitterte gelbe Zettel heraus.

»Was ist das?«, wollte ich wissen.

»Das sind Nachrichten von Stevie«, erklärte Barney. Und ich begann zu lesen.

»Entschuldigung – aber heißt du vielleicht Oscar Dunleavy?«, fragte eine Frau mit Brille und Pferdeschwanz, die plötzlich wie aus dem Nichts aufgetaucht war. Ich hatte geahnt, dass es nur noch eine Frage der Zeit sein würde. Mein Foto war überall gewesen, es hatte eine riesige Suchaktion gegeben, jeder wusste, wie ich aussah. Ich sagte zu Barney: »Wenn ich zurückgehe, dann will ich das auf meine Art tun.« Der Beeper der Pferdeschwanzdame ging los, und sie rannte davon. Das war mein Signal. Ich küsste Barneys alte Hand, stopfte Stevies Zettel in meine Jackentasche und rannte los.

Der Regen war wie tausend kleine Nadeln, die mich von allen Seiten piksten. Ich lehnte mich in den Wind, wie die Seite eines Dreiecks, und ging immer weiter, schnell und unbeirrt, ich blieb nicht stehen, drehte mich nicht um. Ich hatte einen Entschluss gefasst, und wenn man einen Entschluss gefasst hat, dann sollte man die Sache durchziehen.

Ich ging zu Nummer zwei, The Paddocks. Ich stand lange vor dem Haus und studierte den Briefkasten. Einen Moment lang stützte ich mich am Türrahmen ab, um das Gleichgewicht zu halten. Ich ermahnte mich, stark zu bleiben, aber ich befürchtete, bei ihrem Anblick würden meine neue psychische Kraft und Weisheit dahinschmelzen und ich wäre wieder der Oscar von früher, der um des lieben Friedens willen alles akzeptierte. *Aber ein Frieden, der auf Lügen beruht,* ermahnte ich mich selbst, *ist überhaupt kein Frieden.*

Ich stellte mich auf die Zehenspitzen und spähte in den Türspion.

Paloma näherte sich. Ihr Gesicht war verzerrt, ihre Nase wirkte riesengroß, ein Auge war gigantisch, das andere winzig.

Ich fühlte mich mutig. Ja, dieses Gefühl ist jetzt quasi in mein Gehirn eintätowiert, wie eine Botschaft, die ich nie mehr vergessen will.

Ich biss die Zähne zusammen. Sie fingen nämlich an zu klappern, weil ich vom Regen total durchnässt war.

Die Klingel funktionierte nicht. Mit dem Finger hob ich die Klappe des Briefkastens an, sie schwang vor und zurück und produzierte ein jämmerliches Geräusch, das wahrscheinlich kein Mensch hören konnte. Also ballte ich die Faust und donnerte etwa zehnmal gegen die Tür. Dabei flüsterte ich Palomas Namen, und Paloma erschien. Sobald ich sie sah, fegte ein Wind durch mich hindurch, als wäre ich die Tür, die geöffnet worden war. Paloma hatte ein Handtuch um den Kopf geschlungen, und ihr Gesicht war eine weiße Maske aus Hautcreme.

»Paloma, ich bin's. Ich bin nicht tot.«

Ihr Mund blieb eine Sekunde lang offen stehen, dann schloss er sich wieder, und ihre Augen schlossen sich ebenfalls. Sie fiel in Ohnmacht. Wie eine schlechte Filmschauspielerin sackte sie in sich zusammen, ein Häufchen aus Handtuch und Creme und weicher Haut. Das Handtuch blieb erstaunlicherweise um ihren Kopf gewickelt, wie ein Turban. Ich zog sie hoch. Mir blieb nichts anderes übrig. Außer mir war ja keiner da.

»Du hast Megs Brief gegen einen anderen Brief ausgetauscht, stimmt's? Und du hast außerdem allen Leuten eingeredet, dass mein Apfelkuchen läppisch und blöd ist. Das warst du, stimmt's? Und das mit der Ratio hast du erfunden, weil du willst, dass die Welt so funktioniert. Aber sie muss gar nicht so funktionieren, stimmt's? Und du wusstest ganz genau, dass ich nicht Bescheid weiß über den Unfall, bei dem meine Mum gestorben ist und Stevie schwer verletzt wurde. Du hast mir absichtlich davon erzählt, stimmt's? Du wolltest mich kaputtmachen, Paloma, aber das hast du nicht geschafft. Ich bin nicht tot. Ich habe mich nicht umgebracht.«

»Aber Oscar – irgendjemand musste dich doch darauf hinweisen, wie es um dich steht. Du bist ein Spanner. Jeden Abend hast du mich mit diesem schauderhaften Teleskop beobachtet. Du hast mich in meinem eigenen Schlafzimmer belauert.«

»Paloma, mit meinem Teleskop habe ich die *Sterne* betrachtet. Warum hätte ich es dazu verwenden sollen, dich anzuschauen?«

»Weil ich so schön bin«, antwortete sie, und ihre Kiefergelenke pulsierten.

Ich wollte ihr eine Chance geben, alles zu erklären, aber nichts von dem, was sie vorbrachte, war auch nur andeutungsweise plausibel. Dann versuchte sie es mit einer anderen Methode. Sie sagte, sie habe nicht geahnt, dass ihr Verhalten mich in den Selbstmord treiben würde.

»Hat es auch nicht«, sagte ich.

»Warum hast du beschlossen zurückzukommen?«, fragte sie und legte den Kopf schief, wie sie das immer macht.

»Aus Liebe.«

»Ach Oscar, ich habe dich wirklich sehr gern«, sagte sie. »Ich mag dich sehr viel lieber, als die anderen immer gesagt haben. Aber ich liebe dich nicht. Ich bin nicht in dich verliebt.«

»Das ist total okay, weil ich ja auch nicht in dich verliebt bin.«

»Aber warum hast du dann an dem Abend versucht, mich zu küssen?«

»Weil ich gedacht habe, du willst es. Und ich war so durcheinander. Aber jetzt bin ich nicht mehr durcheinander.«

»Wieso bist du dann hier?«, wollte sie wissen, und ich fragte mich, wie jemand so verblendet sein konnte.

»Ich bin hier, weil ich dir sagen muss, dass es falsch ist, jemandem das anzutun, was du mir antun wolltest. Und du kannst ruhig weiter deine Spielchen spielen, aber das hat keine Wirkung mehr. Ich bin hier, um dich zu fragen, was in Megs Brief stand.«

»Frag sie doch selbst!«, rief sie und wollte die Tür zuknallen, aber ich hatte schon meinen Fuß dazwischen, und die Tür blieb offen.

»Du tust alles, damit die Jungs dich anhimmeln und von dir träumen«, sagte ich zu ihr. »Also, nur zu deiner Information: Ich träume nicht von dir, ich träume von Meg.

Wenn die Jungs sich in dich verlieben, dann kommst du dir toll und mächtig vor, aber das ist ein Irrtum. Ich glaube, du musst andere Mittel und Wege finden, um dich selbst gut zu finden. Das ist mein Rat für dich, Paloma. Mach damit, was du willst.«

Sie sagte Danke, und ich sagte Bitte, und sie sagte, dass ich recht habe und dass ich etwas Besseres verdient hätte als sie – das sagen schöne Mädchen öfter, egal, ob es stimmt oder nicht, aber in diesem Fall stimmte es total.

Sie sagte außerdem noch, sogar Andy und Greg würden mich vermissen, und ich sagte: »Ja, ja klar, okay«, und sie erwiderte: »Nein, ganz ehrlich, Oscar – es ist wahr.«

Ich will gar nicht viel darüber sagen, wie es war, als mein Dad und Stevie mich gesehen haben. Nur so viel: Zuerst war's leise, dann war's laut, und dann weinte mein Vater, und er sagte immer wieder »Ach, du grüne Neune«, was ja wirklich eine sehr komische Redensart ist.

Stevie kam angerollt, und er sah überhaupt nicht wütend aus. Er umschlang meine Knie, so wie er das immer macht. »Ich hab's gewusst!«, rief er. »Ich hab's allen Leuten gesagt, aber keiner wollte mir glauben!« Er sauste herum, und dann umarmte er mich wieder, und ich spürte seine dünnen Arme, was für ein schönes, vertrautes Gefühl, aber irgendwie waren seine Arme gar nicht so dünn wie in meiner Erinnerung. Und er redete ganz schnell und sagte Sachen wie: »Juhuuu! Es war kein Traum. Ich hatte recht. Ich hatte reeecht!«, und er erzählte von den Zetteln, die er auf dem Pier hinterlassen hatte.

Verblüffenderweise fingen wir alle drei an zu lachen. Wir lachten, bis wir uns in dem Garten vor dem Haus ins Gras setzen mussten, um uns zu erholen.

Ich holte Stevies Zettel aus der Tasche, die Zettel mit den wunderbar hoffnungsvollen Nachrichten. Sie waren kurz, ermutigend und fröhlich. Ich werde sie bis an mein Lebensende aufbewahren. Stevie hat geschrieben, dass wir uns nicht unterkriegen lassen dürfen, dass wir nie aufgeben sollen und was für ein wertvoller und guter Mensch ich bin. Auf manchen Zetteln stehen auch Fragen, vor allem, was man braucht, wenn man den perfekten Apfelkuchen backen will.

Stevie und ich redeten den ganzen Tag und bis in die Nacht hinein, und Dad unterbrach uns nicht und sagte auch nicht: Jetzt müsst ihr aber ins Bett. Wir redeten über das Leben. Ich erzählte ihm, dass ich ihn aus seinem Kindersitz herausgeholt habe, als Mum am Steuer saß, und dass wir deshalb den Unfall hatten. Und ich fragte ihn, ob er mir jemals verzeihen kann, und er sagte: »Da gibt es nichts zu verzeihen.«

Wir gingen nach draußen, und Stevie rollte auf dem

Asphalt herum. »Hör zu, Oscar, und schau mich an: Das bin ich. Wenn du dauernd Schuldgefühle hast wegen etwas, was überhaupt nicht deine Schuld sein kann, dann komme ich mir vor wie ein blöder lahmer Junge. Ich bin kein blöder lahmer Junge. Eigentlich bin ich super zufrieden mit mir.« Dann vollführte er ein paar schnelle Drehungen mit seinem Rollstuhl, beugte sich nach vorn und nach hinten und legte eine ganze Serie von Bewegungen hin, die das Gesetz der Schwerkraft komplett auszuhebeln schienen.

»Schau mir zu!«, sagte er. »Siehst du? Ganz ehrlich, Oscar – wer auf der Welt kann das außer mir? Klar, es gibt genug Leute, die glotzen und die auf die andere Straßenseite gehen oder betont laut mit mir sprechen, als wäre ich ein Vollidiot. Mach mich nicht zu deinem traurigen Geheimnis, Oscar. Ich bin dein Bruder, okay? Oscar! Verstehst du, was ich meine?«

Ich verstand, was er meinte.

Und Stevie tanzte seinen Rollstuhltanz, und sein Stuhl glänzte im Licht, und die Funken sprühten, als wäre er ein sprühender Silbermond, und während er sich im Kreis drehte, wirbelten die Mondfunken um ihn herum und zauberten ein blasses, wunderschönes Leuchten auf sein Gesicht.

Ich kann mich ja nicht besonders gut an meine Mutter erinnern, aber mein Vater hat jetzt angefangen, mir mehr von ihr zu erzählen. Anscheinend war sie wunderbar. Und das Wichtigste: Sie war freundlich und liebevoll. Das hat sie bestimmt von meiner Großmutter gelernt, die auch extrem lieb war.

Dad sagt, dass Freundlichkeit etwas Magisches habe. »Von außen betrachtet wirkt sie sanft und mild«, sagt er, »aber sie besitzt geheime Kräfte.« Ich weiß, dass das stimmt. Sie schafft es zum Beispiel, mich zu den unmöglichsten Zeiten aufzuwecken, etwa nachts um drei, und dann springe ich aus dem Bett und fange an, Apfelkuchen zu backen.

Man würde eigentlich annehmen, dass Apfelkuchen das Letzte ist, was jemand mitten in einer Krise essen will, aber wie sich zeigt, kann schon ein winziger Bissen alles wieder erträglicher machen – selbst wenn die Krise aus riesigen Mengen von Kummer und Leid besteht oder beladen ist mit den massivsten Verzweiflungspaketen.

Es kommt vor, dass Journalisten und Fernsehleute und Schriftsteller extra hierherreisen, um mich deswegen zu interviewen, aber wenn sie wissen wollen, was mein Geheimnis ist, dann zucke ich die Achseln, weil man es schwer erklären kann.

Mir war die ganze Zeit klar, dass ich ihr aus dem Weg ging, weil ich nicht wusste, was ich sagen soll. Aber ich konnte nicht länger warten. Am nächsten Abend sitze ich also an meinem Fenster und überlege, wie das wohl wird, wenn ich wieder in die Schule gehe. Bei ihr im Zimmer brennt Licht, und dann sehe ich sie. Ich spreche natürlich von Meg. Sie kommt ans Fenster, und es ist fast so, als wäre das alles gar nicht passiert, wir sind einfach wieder wir zwei, und sie sagt nicht: *Wie kannst du nur!* oder *Wo warst du?* oder *Was fällt dir ein!*, und ihr Gesicht ist ganz sanft.

»Ich muss mit dir reden«, sage ich, und sie sagt: »Du redest doch schon mit mir, oder?« Und grinst. Ich erzähle ihr von dem Unfall und was ich getan habe, und auch sie sagt, es sei nicht meine Schuld. Die Tränen auf ihren Wangen lassen ihr Gesicht im Dunkeln leuchten. Und ich fühle so viele Dinge gleichzeitig, dass ich fast keine Luft bekomme. Vor allem, weil ich nicht will, dass Meg traurig ist. Ich möchte ihr die ganze Trauer, die sie jetzt empfindet, abnehmen, zusammen mit der ganzen Trauer, die sie je empfunden hat, und der ganzen Trauer, die sie je empfinden wird. Obwohl ich natürlich weiß, dass ich das nicht kann.

Dann sage ich ihr, dass das, was ich ihr sagen muss, nicht am Fenster gesagt werden kann. Und sie fragt mich, wie ich das meine, weil wir einander doch immer alles hier am Fenster sagen konnten. Aber ich erwidere, dass es bei dem, was ich ihr jetzt zu sagen habe, nicht geht. Und dass wir uns gleich an ihrer Gartentür treffen.

»Gut – wir sehen uns dort in zwei Minuten«, sagt sie. Und da ist sie, und bevor ich etwas sagen kann, legt sie ihre flache Hand mitten auf meine Brust und lässt sie ganz lang dort liegen. Und auch wenn sich die Zukunft zerbrechlich und ungewiss anfühlt, besitzt die Gegenwart eine neue Sicherheit. Etwas, worauf man sich verlassen kann.

Egal, was mich morgen oder nächste Woche oder weit in der Zukunft erwartet – jetzt liegt Megs Hand auf meiner Brust, ruhig und flach, stark und klein. Ich kann mir nichts Schöneres vorstellen.

Und wenn ich mich je wieder am Ende eines Piers befinde und mir überlege, ob ich springen soll – wenn ich mich je wieder verloren und verzweifelt fühle und nicht weiß, wohin –, der Abdruck von Megs Hand wird immer da sein, auch nachdem sie ihre Hand längst weggenommen hat. Diese Hand ist es, die mich rettet.

Ich bewege mein Gesicht näher zu ihrem, und sie bewegt ihr Gesicht näher zu meinem, und ich sage: »Ist es okay?«, und sie sagt: »Ja.« Ich halte die Luft an, als ich sie küsse. Sie schließt die Augen, und sie erwidert meinen Kuss. Ich schließe die Augen nicht. Ich lasse sie offen, damit ich Meg ganz aus der Nähe sehen kann.

Klar, da ist noch einiges, was ich anpacken muss. Beispielsweise: mein erster Schultag. Andy und Greg. Und das ganze Zeug, das die anderen vielleicht immer noch über mich denken oder sagen.

Doch jetzt im Moment gibt es nur Meg und mich, und wir sagen einander etwas, was wir beide schon wissen. Wir sind allein, aber ich wünsche mir, die ganze Welt könnte uns sehen. Es ist Nacht, doch ich sehne den neuen Tag herbei.

Danksagung

Ich danke Ben Moore – niemand kann erste Entwürfe besser verstehen und einschätzen –, und ich danke all den anderen großartigen Moores in meinem Leben: Elizabeth, Paul, Meredith, David und Morgan. Und den großen Clans der O'Deas und der Fitzgeralds.

Ein besonderer Dank geht an Melanie Sheridan, Sam Ronan, Sarah MacCurtain, Fionnuala Price, Julie Hamilton, Terry Barrett, Caroline O'Dea, Liz Heffernan, Jennifer O'Dea, Clare Zbinden, Helen O'Dea, Eoin Devereux, Liz Devereux, Terry Maguire, Maura Murphy, Karen Young, Aelish Nagle, Fiona Geoghegan, Joe O'Dea, Milo Egan, Ella Nethercott, Alannah Nethercott, Stella Byng, Declan Byng sowie James und Martha Joyce.

Unendlich dankbar bin ich Jo Unwin, meiner sagenhaften Agentin; Fiona Kennedy, meiner erstklassigen Lektorin, und dem hervorragenden Team bei Orion Children's Books.

Ich danke meinen heißgeliebten Kindern Eoghan,

Steffie und Gabriela, durch die keinerlei Gefahr mehr besteht, dass mein Leben je langweilig werden könnte. Und Ger Fitzgerald für so viele so wunderbare Dinge, dass ich gar nicht anfangen kann, sie hier aufzuzählen.

Sarah Moore Fitzgerald
Irland
Januar 2014

Auf dem Weg ins echte Leben

Endlich ist Cécile Lehrerin! Mit zitternden Knien steht sie nun achtzehn Erstklässlern gegenüber. Sie soll ihnen einfach nur lesen beibringen. Einfach? Nicht für die schüchterne Cécile. Die Kinder sind wild, die Eltern fordernd, der kleinen Schule droht die Schließung ... und dann verliebt sich Cécile auch noch Hals über Kopf. Da sind mittelschwere Katastrophen vorprogrammiert! Um der Schule, den Kindern und sich selbst zu helfen, muss Cécile ihre Angst besiegen. Und damit beginnt sie genau jetzt! Ein neues Lieblingsbuch von Bestsellerautorin Marie-Aude Murail!

Marie-Aude Murail
Ein Ort wie dieser
Aus dem Französischen von
Tobias Scheffel
416 Seiten, gebunden

Das gesamte Programm gibt es unter
www.fischerverlage.de

fi 85627 / 1